村上春樹への
12のオマージュ
いまのあなたへ

淺川継太
谷崎由依
中山智幸
羽田圭介
戌井昭人
加藤千恵
荻世いをら
松田青子
藤野可織
村田沙耶香
片瀬チヲル
青山七恵

NHK出版

村上春樹への12のオマージュ　いまのあなたへ――もくじ

コラム

村上春樹、そして私

装　幀　坂川栄治＋永井亜矢子（坂川事務所）
カバー・本文イラスト　ｍｉｃｃａ
本文ＤＴＰ　㈱ノムラ
校　正　㈱鷗来堂

はじめに――十二色の「村上春樹の潜在」

本書には十二の短篇小説が収められています。著者は、「いまの文学」を牽引し、「これからの文学」を創り出していくであろう、新進気鋭の若手作家たちです。

それぞれは、わずかな時間で読み切れる短い作品ですが、その小さな物語に秘められた果てのない深淵には、心のやわらかな部分に触れる深いメッセージが潜んでいます。

これらの作品は、ＮＨＫテキスト「英語で読む村上春樹 世界のなかの日本文学」二〇一三年四月号〜二〇一四年三月号において十二回にわたって連載されたものです。

「若手作家」による小説を「英語で読む村上春樹」というテキストに連載した背景には、「新鋭作家が受けた、あるいは受けなかった村上春樹という作家の影響」に光を当てる意図がありました。

村上春樹が「風の歌を聴け」でデビューしたのは一九七九年。本書に名前を連ねる著者たちは、村上春樹が現在の彼らと同じように「新鋭」という言葉を伴って紹介されたころに、多感な時期を過ごした世代なのです。彼らは村上春樹が描き出す物語をどのように受容し、心の底へ落とし込んでいったのでしょうか。

各著者へは、「現代を切り取る、あなたの視点」というテーマで執筆をお願いしました。若手の著者に、「現代」という不明瞭な糸玉を渡して、それをほぐし、いまの言葉で「文章という糸」を紡ぎ出していただこうという試みです。そして、「執筆に際して、村上春樹という作家、そしてその作品群を底辺に置いてみてください」という依頼を添えたのです。編集部では、このことによって、各著者における「村上春樹の潜在」を明らかにできるのでは、と考えました。

そうして集まった十二の短篇。おもしろいことに「村上春樹の潜在」は、明確に目に見えるもの、簡単には目に見えないもの、とその濃淡はさまざまなものとなりました。

読者のみなさまには、村上春樹という存在がそれぞれの作品にどのように息づいているかを発見していただきたいと思います。それは物語を紡いだ著者本人ですら気づかないものなのかも知れません。そこに正しい答えはありません。答えは、読者のみなさまそれぞれの「読み」のなかにこそあるのです。

「村上春樹」を出発点としたこれらの物語の集積は、各著者が持つ世界観を明瞭に反映した短篇集となりました。それはさながら、さまざまな色彩のビー玉がきらめく、美しい小箱のようでもあります。「いまの言葉」によって生み出されたこの小箱が、ほかでもない「いまのあなた」にとって、かけがえのない宝物になることを祈っています。

二〇一四年　四月

NHK出版　編集部

通り抜ける

淺川継太

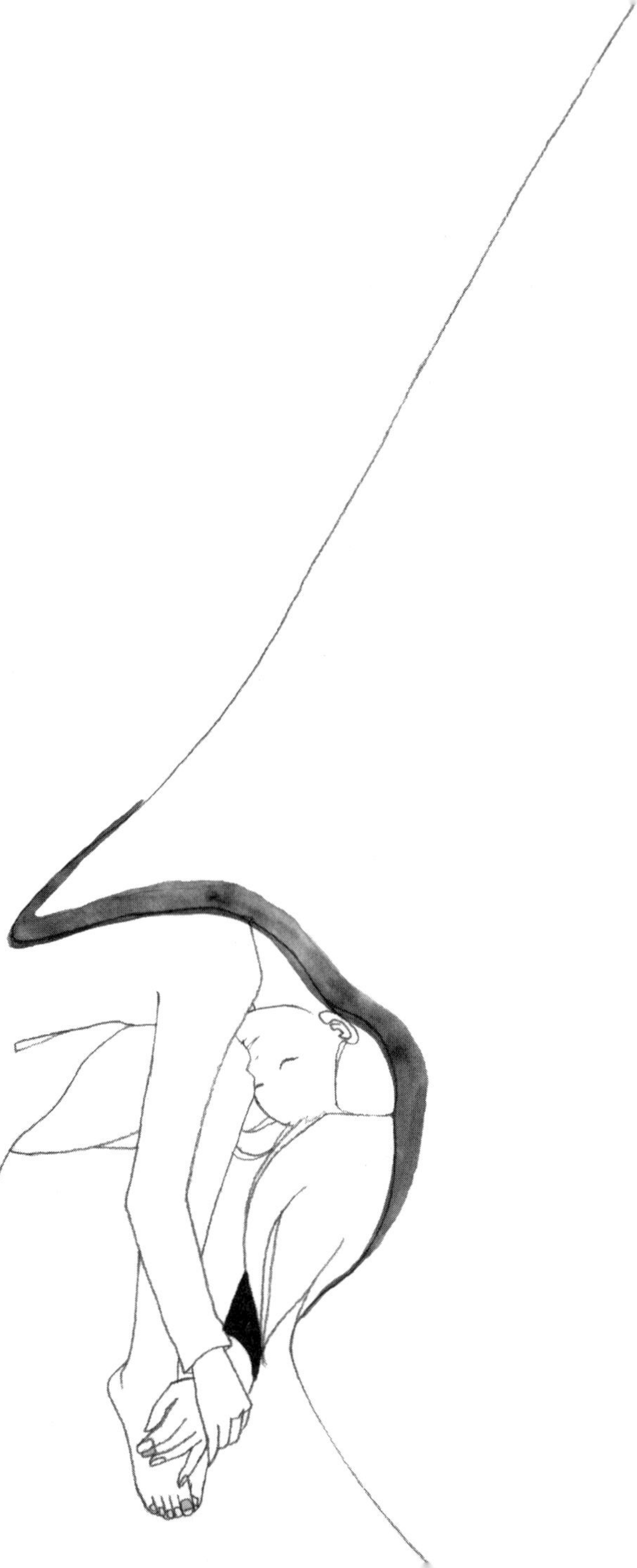

コラム——村上春樹、そして私

気がかりな少女

浅川継太

あさかわ・けいた　一九七九年、山梨県生まれ。小説家。二〇一〇年、「朝が止まる」で第五十三回群像新人文学賞を受賞。著書に『ある日の結婚』（講談社）がある。

風景のなかに、なにか気がかりな少女がいる。しずくのように、まわりの風景が映り込んで見える少女。たいていの場合、ただ風景として通り過ぎてしまう。でも本のなかでは、そこから思いがけない物語が始まる。村上春樹の小説の、そういう出会いのシーンが好きだ。『ダンス・ダンス・ダンス』でもそうだし、『ねじまき鳥クロニクル』でもそう。

もともと村上春樹の小説の語り手は人間嫌いに見えるし、その語り手が惹かれる少女というのも、やはり人間嫌いに見える。だから出会いのシーンを読みながら、いつ物別れするか分かったものじゃないとヒヤヒヤする。じっさい、すぐ物語からいなくなってしまう少女も少なくない。いかにも印象的な出会いのシーンを読むと、この子は最後まで登場するのかと、つい先のページをぱらぱらめくってしまったりする。

『英語で読む村上春樹』というテキストに載せる短篇を書く、ということで、「象の消滅」をくり返し読むところから始めた。つい象のほうに気を取られがちだが、「彼女」と呼んでいる若い主婦向けの雑誌の編集者のことが気になった。少女という年齢ではないけれど、パーティーで知り合い、カクテル・ラウンジで象の消滅に関する重要な目撃談をするほどうちとけた関係になる。窓の雨を見ながら、彼女は二杯目のダイキリを飲んでいて、いかにも良い雰囲気だが、けっきょくそれ以上の発展もなく、別れてしまう。

最後、彼女は自分の飼っていた猫が突然消えたことがあると話す。しかし男は、それは象が消えたのとは違う話だという。物語としては、同じ話かもしれないと結びつけたいところだが、「違うだろうね。大きさからして比較にならないからね」ととりつく島もない。別れ際、彼女が傘を置き忘れたことを思い出し、男はエレベーターに乗りそれを取りに戻る。この傘を取りに戻るところが好きだ。

通り抜ける

最初は、うとうとしているせいだと思った。

夢ならこういうこともあるだろう。電車のなか、となりに座っている女子高生の右腕がキャラメルのように溶けて、ぼくの左腕にくっついてしまうということも……とくに春の午後なら、どんな粘着質の夢を見ても不思議ではない。

問題なのは、うとうとしているのはぼくではなく、その女子高生のほうだということだ。ぼくも眠たくはあったが、鞄のなかの書類のことを考えると眠り込んでしまうわけにもいかない。女子高生が眠ってしまい、肩から腕をぼくに押しつけ、身をもたせてきたので、なんとなくぼくも眠っているふりをしていただけなのだ。

乗客の多くが降りた。長いシートに残された数人が、それぞれ間隔をとって座り直すなか、ぼくのとなりの女の子は、動こうとしない。ぼくはいちばん隅っこに座っていたから、藍色のダッフルコートを着たその女子高生——自信はなかったけれど、白い鼻の感じが、中学生ではないように見えた——に閉じ込められた格好だった。やがて本格的に眠ってしまったのか、うつむいて唇を緩ませ、ぼくにすっかり体をあずけてきた。自分と十は歳が違うはずの女の子に触れているやましさに、距離をとろうと体を動かした……

　そのときやっと、この事態に気づいたのだ。ぼくの左腕が今までの左腕とは明らかに違っている。女子高生のダッフルコートの袖が、ぼくのジャケットにぴったりくっついている。というより、ほとんどめり込んでいる。そしてそのつながった袖のなかで、なにか熱く、皮膚がつっぱるような感覚がにじんでいた。

　もう一度、左腕——女子高生の側の腕——を動かそうと、そっと力を入れてみる。すると眠りの水面が波立ったらしく、その子は息を吐き、しかし目を覚ますということは夢にも考えないというふうに、電車のシートのくぼみのなかにより甘い接触を求めて、身をよじった。そのよじりが、ぼくの左腕に伝わる……そのひとつながりの感じは驚くべきものだった。彼女の体の動きが伝わってきたと言うより、彼女がぼくの腕を自分の腕として動かした、と言ったほうが近い。

　目を開ける。午後三時の光にけば立った、向かいの席の、小豆色のシート……いかにも着慣れないスーツ姿の若い母親と、小さなリボンを胸につけた男の子……中吊り広告には、週刊誌の扇情的な見出しの羅列のとなりに、申し込むと毎月一冊ずつ配本されるらしい「世界の苦悩」全二十一巻の写真……なにもかもくっきりした光のなかにあって、疑いようがない、これは夢なんかではないのだ。

　女子高生の右腕が、ぼくの左腕にめり込んで、千歳飴みたいにくっついてしまったらしい。手で触れて状況を確認したかったが、じっさいにまさぐってみるわけにもいかない、痴漢かなにかに間違えられたら、潔白を証明するのは難しいだろう。体が密接しているのは事実なのだし……

　左腕はどんどん熱くなっていく。彼女のほうが、体温が高いということだろうか、熱い湯に腕をひたしているような感じがする。それにしても、彼女のコートとかぼくのスーツだとかは、接着面でどんなふうになっているのだろう？　自分のシャツの袖をそっと引っぱってみる……べつにおかしな感じはしない……しかしこれは、手品師のハンカチからはみ出している紐を引っぱっているのに過ぎない。肝心なのは、ハンカチの下でどうなっているかということなのだ。

降りるはずの駅を過ぎたけれど、どうしようもなかった。戻るのが予定より遅くなりそうだと会社に連絡しようと考えたが、腕に女子高生の枷《かせ》をしているこの状態で、足もとの鞄から携帯電話を取り出すことができるか、自信がない。女子高生のほうを見ると、白い、柔らかな頰をきまじめに引力の中心に向けて、気持ちよさそうに眠っていた。夢のなかで、蜂蜜の匂いのする抱きまくらでも抱いているのかもしれない。彼女が目覚めるのを、待つしかないのか……

目覚めたとして、どう説明しよう。自分でもたねを知らない手品の解説をするはめになるのだろうか……十七、八歳の女の子が、となりに座っている男の腕にめり込み、くっついてしまっているというこの事態を、どんなふうに迎え入れるものか、まったく予想もできない。

目が覚めたとたん、悲鳴を上げるだろうか。それともまず事態を冷静に見きわめようと、成熟した人間の態度を見せてくれるだろうか……分からない。ぼくがこんなふうにくっついてしまったことを受け入れ、脱出の試みも放棄している態度は、成熟というよりは衰退のことかもしれない。たぶん、この子の見せる反応のほうが正しいのだ。

――嘘、どうしよう……

女の子が目覚めてそう言ったのは、電車がすっかり郊外に出たころだった。ギクッと体を震わせ、ぼくに寄り掛かっている体を起こそうとして、これに気づいたようだ。女子高生が、額や靴下のずれた跡のあるふくらはぎの皮膚を黄色と赤色に点滅させ、大音量のアラームを絞り出す光景を想像した。無理もない、彼女くらいの歳なら毎日鏡をのぞき込んでいて、自分の輪郭にはそうとう敏感なはず。その輪郭が赤の他人とくっついてしまったのだとすれば、叫び声の火炎放射器で、接着面を焼き切ろうと……

しかし彼女は警報器でも火炎放射器でもなかった。空いているほうの手で、くっついている部分にコートのうえからそっと触れ、

――ごめんなさい。わたしのせいなんです……

耳もとで、かすかな唾液の匂いとともに開いた、小さな声の房。

――わたしのせいって……？

――腕が、その……こんなふうになってしまったこと……

――そう、そうなんだよ。

――本当にごめんなさい。

――いや、文句が言いたいわけじゃないんだ。ぼくの意志でこんなふうになったんじゃないってことを、分かって欲しくて……

その子は光のたまった目を素早く動かし、ぼくを見ると、くすくす笑った。

――びっくりしました？

――それは、もちろん……痛くないの？

――え、痛いですか？

――ぼくのほうは、ぜんぜん、大丈夫だけど。

また小さな空気の音を立てて笑った。たしかに痛みはないにしても大丈夫ということはない。温かいし、柔らかいし、清潔にしている女の子の匂いがするのだとはいえ、こんなふうに女子高生の枷につなぎとめられてしまうことは……

――どこの駅で降りるんですか？

――さっき、降りていたはずなんだ。

――ごめんなさい、ご迷惑おかけしました。お仕事ですよね？

――まあ、それはいいよ。それで……

なぜ彼女は体がこんなふうになってしまうのか、もちろん興味はあったけれど、解決が先だ。会社に戻る必要もあったが、なによりこんなふうに体がくっついてしまっていることが落ち着かない。落ち着いてはいけないことのような気がした。

――それで、これは外せるのかな？　外すというのか、離すというのか……もと通りに。

――わたし、眠くなると、こうなることがあるんです。もう一度うとうとすれば、たぶん大丈夫だと思います。

――こうなって、具体的にはどうなってるの？

――信じてもらえるか分からないですけど、ときどき通り抜けるんです。

——通り抜ける……

——あ、信じてくれるんですか？

——信じるとか信じないとか、もうそういう余地はなさそうだから。

——そういうものですか？　わたし、このことは秘密にしてるんです。でも一度だけ友達に、うち明けたことがあって……小学生のとき、二段ベッドの上の段から下の段に通り抜けて見せたんです。

——二段ベッド……

——それでもその子は信じませんでした。手の込んだマジックかなんかだろうって言うんです。目のまえで、三十分、わたしが眠るまで待ってもらって、どすんとやって見せたのにですよ？

——どうして下の段は通り抜けなかったの？

——上の段から抜け落ちたとき、目が覚めたから。

あいかわらず熱く感じる体の左側を見た。これはまだ良いほうの結果なのかもしれない。もし眠りがもっと深く、ぼくの腹のあたりまで彼女の頭が通り抜けてきていたら……そしてそこでぼくが立ち上がるかして、彼女が目を覚ましていたとしたら……彼女はどうなってしまっていたのだろう。

——もう一度眠れば、外せるわけだ。

——うまくいくと思います。

——でも電車のシートのなかにめり込んじゃうということはないの？　そのまま電車の床を貫通したりしたら……

——大丈夫です。いつもは、こんなことにはならないんです……それにスカートのお尻のところに、アルミホイルを縫い込んでいるし……これはお見せできませんけど。

――アルミホイル？

――子供のころから試してみて、アルミホイルは通り抜けられないって、分かっているんです。

朝の駅で電車を待っている彼女の姿が、頭のなかをよぎった。鞄のなかの生理用品のポーチを確認するように、スカートを揉んでみて、ちゃんとアルミホイルが入っているか確認する女子高生……

――こんなこと聞いていいのか分からないけど……

――なんでも聞いてください。

――その、アルミホイルはスカートだけで大丈夫なの？　たとえばこの電車のシートに触れている背中とか、肘とかさ……いろいろ危険なところはあるんじゃないの？

すると女子高生は、顔の皮膚のうえに、ある素早い反応を走らせ、

――眠ったからって、いつも通り抜けが起きるわけじゃないんです。夢を見るんですね。内容は、そのときどきで、違うんですが……共通点があって。

――夢？　さっきも夢を見てたの？

彼女は小さなあごでうなずいて見せ、

――夢のなかで、あ、これは夢だなって気づくタイプの夢なんです。経験から言って、そういう夢を見ているときのわたしの体には、通り抜けが起きています。だいたいの場合、「通り抜ける」というよりは、途中で止まって、なにかに「めり込んで」しまうんですが……アイマスクくらいならきれ
り抜けられるけど、布団とか、マットレスみたいな大きなものは、体に食い込んだまま、！

なくなってしまって……

——それじゃあ、眠るたびに苦労しそうだね。

——でも、夢のなかでちゃんと引き返せば、大丈夫なんです。これは夢だって気づいたあと、夢のなかで足を動かして、後ずさりするみたいに、一歩、引き返す……そうすると、通り抜けのせいで起きた現象は、もとに戻ってるんです。明け方、目が覚めたかどうかのところで、お腹にパジャマのボタンが食い込んでいるなって気づいても、夢のなかでちゃんと一歩後ろに下がれば……

——目覚めたとき、もとに戻ってるわけだ。

——はい……だからスカートのアルミホイルは、おまじないというか、保険みたいなものなんです。おむつみたいで、本当は恥ずかしいんですが、どうしても怖くなることがあって……

そう言うと女子高生は顔をまだらに色づかせた。

——ごめん、立ち入ったこと聞いちゃったかな。

——そんなことないです。わたしのせいでこんなふうになったんだから、説明する責任があります。

——それならもう一つだけ質問。どうして今日は、夢のなかでうまく引き返せなかったの？

——足のつかない夢だったんです。とても深い、プールの夢……ふだんも、水とか海とかの夢は、足が底に届かないことがあるから、警戒してるんですが……温水プールだったんです。温かくって、気持ちよくて、つい……

——とにかく、もう一度眠るしかないみたいだね。このまましばらく電車に乗って……いっしょに降りてもいいけど、それはそれで、ちょっとややこしいことになりそうだ。

——ご迷惑かけてすみません。

——大丈夫、きっとすぐ眠くなるよ。暖かいし、静かだし……

沈黙……沈黙の一駅目、二駅目……三駅目で、彼女のほうを見たが、目をかたくつむっているものの、眠っているのではないことは明らかだ。ふっくらした唇のはしに、笑い出しそうな意識のこよりのようなものさえ見える。

——すみません、眠れません。眠くないんです。

——さっきは、かなりうとうとしていたけど……

——きっと、静かすぎるんです。なにか、話をしてもらえませんか。

——話？

——わたし人の話を聞いていると眠くなるから。

——つまり眠くなるような退屈な話を、ということ？

——退屈っていうか、なんていうか……考え込むような話。

——考えごとすると眠くなるの？　なんだか、授業中もいつも寝てそうだね。

——学校だと、あぶないから、意地でも起きてます。ものすごく具合が悪くてつっぷしてたら、机のなかにおでこが入りそうになったことはあったけど……

——高校生……だよね。

——はい、あと二日。明日、卒業式なんです。

――大学に行くの？

――なんとか……

ぼくは眠気に耐えて大学の講義を受けている彼女のことを想像した。それは他の学生がそうしているのとはまったく違う水準での戦いだろう。階段教室の最上段から机やら他の学生やらを通り抜けながら転がっていく女子学生……べつに高校なら安全だというわけではないが、大学の教室でのほうが危険だという気がした。ものごとはいつまでも二段ベッドのような素朴な表情をしているわけではない。やっぱりスカートだけでは不十分で、本当はアルミホイルを縫い込んだ防護服みたいなものが必要なのではないか。

――ぼくが大学生のとき……恋人がいたんだ。初めてちゃんとつき合った女性だった。高校のときは、そういうことがなかったんだ……こんな話は、退屈かな？

――すごくいいです。

彼女がいいと言っているのは、つまり眠くなるような話だということだろうか。

――語学のクラスで知り合って、まあデートみたいなことをするようになって……このへんは退屈だから省略するけど……いや、退屈だから省略しないほうがいいのかな？　とにかくぼくたちはお互いの部屋を行き来するようになった。

――二人とも、一人暮らしだったんですか。

――そう、ぼくも彼女も、それぞれ部屋を借りてたんだ。

——わたしも、四月から一人暮らしするんです。

——それじゃあ、あまりいい話じゃないかもしれない……

——聞かせてください。できるだけ詳しく。眠れるように、目をつむって聞きますから……

その子はまた目を閉じてしまう。窓からの、封筒ほどの大きさの光がまぶたから頬にあたっていた。

——ある日ね……ごく普通に、映画を見に行って、喫茶店に寄って、近所のスーパーで買い物をして、ぼくの部屋に帰ってきたんだ。そしてうがいをした。

——うがい？

女子高生はつむっていると言ったはずの目をぱっちり開けてぼくを見た。

——彼女が洗面台のところで、がらがらがら、っていうのかな、ごろごろごろ、というのか、とにかくそういう音を立ててうがいをしているのが聞こえてきたんだ。ああいう音を、言葉で再現するのは難しいけど……

女子高生は眉に不安の電流を帯びるふうにして、

——それは……そんなにこだわることなんですか？

——こだわってるのは、その音をちゃんと聞いていたってことなんだ。彼女がそのまま部屋に入って来ていたら……ぼくだってそんなうがいのことなんて、とっくに忘れていたはずだよ。でもうがいの音が聞こえなくなっても、彼女は部屋に入って来なかった。十五分くらいして、さすがに遅いと思って、洗面台のあたりからトイレ、バスタブのなかも探したけれど、どこにもいない……もともと狭い部屋だから、隠れる場所なんてないんだ。玄関には彼女の靴があった……銀色の中敷きの、少しヒールの高い靴で……でも、それがその日履いていた靴だったか、思い出せなかった。その日よりまえに、彼女が持って来ていたものなんだろうと思った。だって靴も履かずどこかへ行ってしまうなんて、あり得ないからね……

――それで、どこに……

女子高生はそう言ってから、大きくなっていた声に気づき、ごめんなさいと目を閉じた。

――もっと平凡な話のほうがいいかな。

――続けてください。眠くなっているんです。あと少しです。

――本当に？　そんなふうには、見えないけど……

彼女は答えず目をつむったままでいた。鼻のさきに、ささくれのような、ごく小さな擦り傷が見える。同じ傷がぼくの鼻についていても、たぶん誰も気づかないだろう。

――何度か彼女の部屋に電話したけど、彼女は出なかった。まあよっぽどの急用ができたんだろうと、夜まではそんなふうに考えていたんだけれど、いつまで待ってもなんの連絡もないんだ。神隠しみたいに……聞いたことある？　そんなふうに、とつぜん人が消えてしまう……

彼女はスーッというような音を鼻から出した。声を出さず、あくまで眠りにつこうとする姿勢のまま、うなずいてみせているつもりなのだろう。

――ところがそういうわけでもなかったんだよ。むしろ神隠しなら、まだそれなりに説明がついたんだろうけど、彼女は消えたわけではなかったんだ。次の日、なんでもない顔をして、大学の食堂で、にっこり笑いかけてきた。

ぼくはそっと、左腕を自分の側に引き寄せてみる……熱い泥のような感覚に変化が起き、少し動いた気がした……ようやく通り抜けが始まったのだろうか……しかし女子高生の口もとがくすぐったそうに波立つと、腕の枷がまたしっかり閉じられてしまう。

——昨日はどうしたのと聞いたんだけど、彼女はあいまいに笑って、答えようとしないんだ。なんだかぼくがすごく繊細さに欠ける質問をしている、というふうなんだよね。たしかにテニスサークルの彼女の友達もいっしょにいたから、そのときは諦めたんだけど……でも二人きりになっても彼女の態度は同じだった。なぜそんなこと聞くの？　という感じ。

女子高生の頬が、少し緊張したようだ……それとも、眠気がおし迫ってきて、それまでの頬の均衡が崩れ始めたのだろうか……閉じたまぶたは、固くも緩くもなく、薄い空気で糊づけされている。

——そういうことが続いたんだ。講義が終わって、二人で図書館に行こうという話になる……下り坂の銀杏並木の路を、歩いて行く……ぼくの大学は、学生証をスキャンしないと図書館に入れなかったから、それを取り出そうと、鞄のなかを見る。顔を上げて、彼女がいなくなっていることに気づく。デートしているときもそうだった。レストランでまだ飲み物も来ていないというときに彼女が席を立つ。当然、トイレかなにかだろうと思うよね……ところがそれっきり帰って来ないんだ。ぼくたちの仲がうまくいっていなかった、ということなら、こういうふるまいも納得できるけど、そうじゃないんだ。そうじゃないどころか、彼女はぼくと結婚したいと言い出した。

電車が駅に着き、もともと少なかった乗客がさらに降りて、まばらになる。女子高生はまだ眠っていない。切ったばかりの林檎《りんご》の断面のような意識がぼくに向けられているのが分かる。

――卒業したら、ぼくと結婚したいと言うんだ。正直言って迷った。結婚式の途中でいなくなられたら、さすがにぼくも傷つくから……それで彼女に提案したんだ。結婚したらきっと、二人ともどこにも行かず部屋で一日を過ごすこともある。今度の週末、ぼくの部屋で練習してみないか。朝から晩まで、二人で差しむかいに座って、なにもせずいっしょに過ごしてみようと……おかしな提案だと聞こえるかもしれないけど、彼女は結婚の承諾だと受けとったようで、それなら徹底的に、トイレ以外は一歩も部屋から出ないようにしようと言って、笑っていた。

試してみるつもりだった。もし結婚生活の実験という前提で部屋にこもっていて、それでも彼女がまた煙みたいにいなくなってしまったら、諦めようと思った。彼女のことは好きだったけれど、でもそんなふうに彼女がいなくなるのは、ぼくたちのあいだになにか根本的に欠けているものがあるからだという気がしたんだ。

女子高生がゆっくり息を吐く。でも寝息というわけではなさそうだ。

――その日曜日、午前十時に彼女がやってきた。ぼくは玄関でもう緊張していて、手をとって彼女を部屋まで連れて行った。油断できないことは、それまでの何回かの経験でよく分かっていたから…………ちょっとでも目を離したらいなくなってしまう、それがどのくらいちょっとなのか、思い知らされていた……変な話だけどね、ぼくはトイレに行く必要がないように、前日から食事や水分を断っていたくらいだった。

でもそうは言っても、まばたきはしないとならないし、狭い部屋だけど、いつ彼女が死角に入るか分からない。そこでぼくは、このまま手をつないでいようと言ったんだ。彼女はくすくす笑って、そんなに不安ならと、腕を絡めてきた……ぼくは安心した。いくら彼女が手品の紐みたいに消えてしまうといっても、そうしていれば大丈夫だと思ったんだ。かりに彼女のなかに説明不可能な、黙ってどこかへ行ってしまう衝動が生まれたとしても、そんなふうに指を絡めて腕を抱いていたら、呼びとめられると思ったんだ。

二時間、三時間とそうしていた。テレビも見ず、音楽も聞かず……不思議と退屈しなかった。普段はあまり話さないようなことを話した。修学旅行の帰りのバスのこととか、セーターの匂いのことととか、彼女が子どものときに一度だけ見た草地の夢だとか、お互い時間がたっぷりあると知っているときでなければ話さない種類のことを話した。

問題なく時間は過ぎていって、窓の外に見えていた空は、夕映えというのか、青い金属みたいな色になっていた。静かだった。ぼくたちはとりとめなく話すことや、相手の腋《わき》をちょっとくすぐってみるとか、その日曜日を始めたばかりのころはしていたことをやめて、黙っていた。でも気詰まりな沈黙とは違う。波の泡を見ているときみたいに、いつまでもそうしていられたらいいと思う沈黙だった。

眠ってしまったのかもしれないと思って、ぼくは彼女の顔をのぞき込んだ。眠ったわけではなさそうだった。でもなにか妙な感じがする。静かすぎるんだ。人が黙っていても、それだけそばにいるわけだから、本当なら息づかいを感じる。呼吸が聞こえなくても、皮膚や体液の音というのか、人がそこにいるということの、ささやきみたいなものがあるはずだけど、彼女からはそれが消えていた。ぼくは怖かった。つなぎとめている腕をぜったいに離してはいけないと、自分に言い聞かせて、彼女の指を握り、腕をもっと近く抱き寄せようとした。体にめり込むくらいそうしていたんだ。でも彼女はいなくなっていた。

——いなくなっていた？　でも……

女子高生は目を開けてぼくを見た。やはり眠ってなどいなかったのだ。

——おかしいよね。腕を絡めて、つなぎとめていたはずなのに……しかもね、説明が難しくて、まあそういうこともあって、人に話すのはこれが初めてなんだけど、そのときもまだ、腕を抱いたままだったんだ。彼女がいなくなっていたというのは事実なんだけど、それとまったく同じくらいたしかに、まだぼくは彼女の指を握りしめていた。

——どういうことですか？

——たぶん、部屋にずっと二人でいたから、ぼくの目とか、指とか、皮膚の全体に、じっとして座っている彼女が焼きついてしまっていたんだ……彼女なのか、彼女の残像なのか、分からないくらい鮮やかに。

もっとはっきりしたものだと思っていた。いなくなるというのは、もっとパチンと泡がはじけるみたいにして起きることだと……でも違った。そこにいるということと、いないということが、そっくりなんだ。いなくなることは、ごく自然な、あたりまえのことだったから、手をつないでいても、腕を靴紐みたいに結んでいても、そんなことではどうしようもなかったんだ。

女子高生は黙り込んだ。もともと静かにしていたけれど、そのうえにもう一層、沈黙を塗り重ねた。

——それで、その人はどこに行ったんですか？

――同じなんだよ、それまでと……部屋のどこにもいない。電話をしても出ない。そして次の日、なにごともなかったみたいに、ふらっと部屋に現れる……

――独特な人だったんですね……わたしが、人のことを独特なんて言う資格があるのか分からないけど。

――信じてくれるの？　自分でも信じられないような話なのに。

――わたし、自分の通り抜けのこともあって、いったんなんでも信じてみることにしてるんです。

――これから一人暮らしをするのに、そんな考え方してたら、あぶないな。

女子高生はくすぐったそうに笑った。髪の匂いが動いたようだった。

――でも、どうしよう……やっぱり、ぼくの話がよくなかったね。ぜんぜん眠ってくれそうにない。これじゃあいつまでたっても、腕が外れない……

――もう外れていますよ。

ぼくは左腕を見た。結び目がほどけるように、涼しい空気が動く……どうして気づかなかったのだろう、もうぼくたちの腕はくっついていなかった。

――いつ？　だって……眠ってなんていないだろう。

――わたしじゃないです……眠ってたのは。

彼女はぼくを見た。

――ぼくが？　眠ってた？

――駅の、二つぶんくらい。

——まさか……

——ずっと胸にしまっておいたことを話して、ほっとしたんじゃないですか？　通り抜けが起きるのは、わたしが眠っているか、相手が眠っているときか、どちらかなんです……べつに隠してたわけじゃないけど、わたしのほうがずっと眠くなりやすいタイプだと思ったから……

ぼくが眠っていた……信じられなかった。車内の空気のゼリーは、春の午後の光に膨らんで、麻酔的に生温かくなっているけれど……目をつむったままじっと聞いていたこの子の、二駅ぶんくらいはぼくの夢だったのだろうか。

——なんだかスースーしますね……さっきまであんなに熱かったのに。

彼女は離れた自分の腕を撫《な》でて言ったようだった。小さな声だったので、聞き返すようにして振り向くと、むしろぼくがそう言ったのだというふうに彼女はぼくの目を見返した。離れてしまった、彼女の体温の抜けた腕はたしかに冷たいくらいだった。

——わたしもときどき、怖くなるんです。いつか路を歩いていると、めまいがするくらい眠くなって、足の着かない底なしプールの夢を見て……そのまま引力のせいで、地球の中心まで落下しちゃうんじゃないかって……そういうときがくるんじゃないかって。

女子高生は革靴のかかとで床をコンと叩いた。

——もう降りますね。次の駅で。

ぼくはうなずくしかなかった。他にどうすることができるだろう。もう腕は外れている。電車は速度を落とし、風景の輪郭は硬くなっていた。

――ぼくはもう少し乗って、急行の止まる駅で降りて、そこから引き返すよ。

女子高生もうなずいた。うなずくのを何度か見たけれど、たぶんこれが最後なのだ。プラットホームでドアが開くまでのあいだ、彼女はぼくを見ずに言った。

――でも、きっと楽しかったと思いますよ……その部屋で、何時間も、手をつないでいたとき……そこからのことは、わたしには分からないけど、そこまでのことなら分かります。

澄んだ表情の水面に、なにか見えそうになったけれど、くすぐったそうに笑うあぶくで見えなくなり、

――わたしは楽しかったです。ありがとう。あと、ひきとめてしまって、ごめんなさい。温水プールの夢なんか見ないように、気をつけてくださいね。

プラットホームへ降り、彼女は見えなくなる。左腕をさすってみるが、なにも変わらない、自分の腕だった。でも、もうもとには戻らないだろう。風景を溶かして電車が滑っていく。ぼくの降りる駅までには、まだ少し時間がある。足もとの鞄を、彼女の座っていたシートのくぼみに置いた。眠ったふりをしていると、音も光も、体のなかを気づかずに通り抜けていくようだった。

鉄塔のある町で

谷崎由依

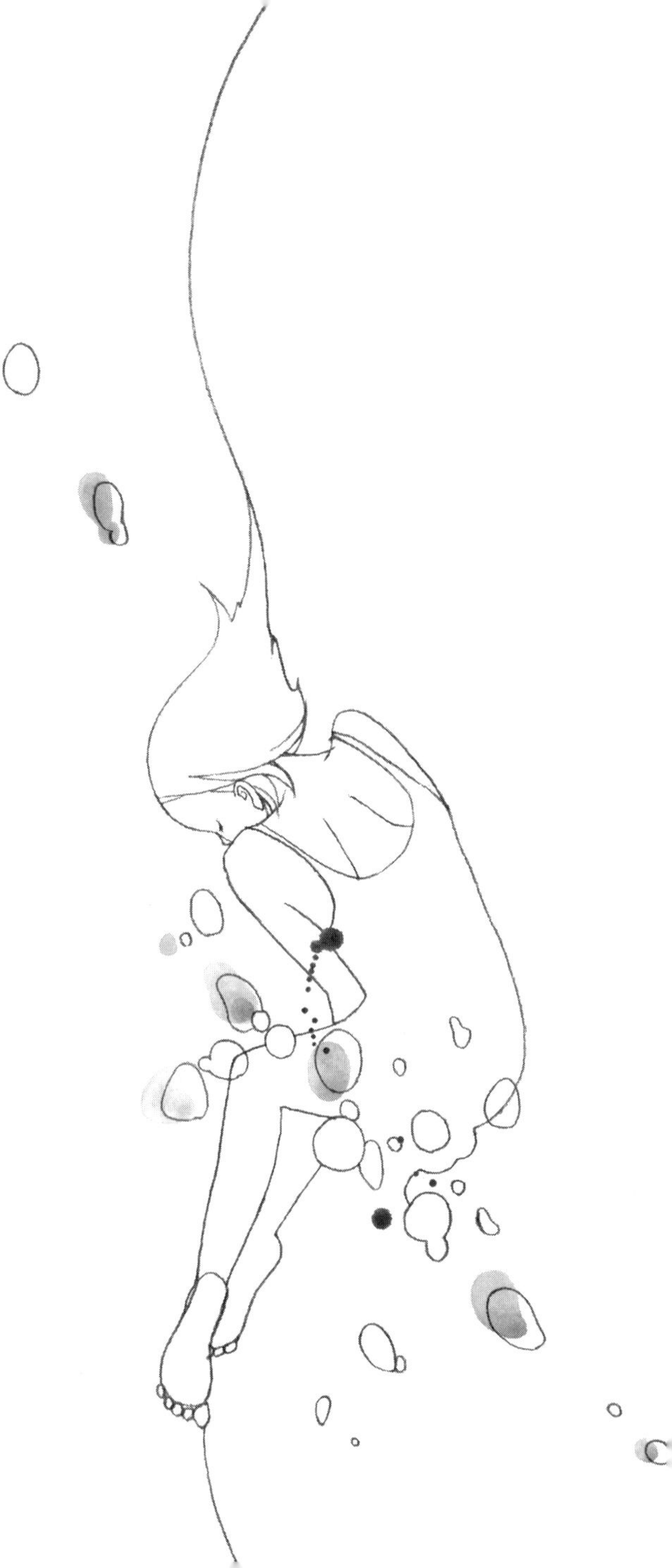

コラム――村上春樹、そして私

走る、訳す、そしてアメリカ

谷崎由依

たにざき・ゆい　一九七八年、福井県生まれ。小説家・翻訳家。二〇〇七年、「舞い落ちる村」で第一〇四回文學界新人賞を受賞。著書に『舞い落ちる村』（文藝春秋）、訳書にインドラ・シンハ『アニマルズ・ピープル』、ジェニファー・イーガン『ならずものがやってくる』（以上、早川書房）などがある。

小説を書く一方で、英語圏文学の翻訳をしている。でも中高生のころは、むしろ国文学が好きだった。村上春樹は図書館でたまたま手に取った。アメリカのことはよく知らなかったから、アメリカ的だとは感じなかった。この日本語は好きだな、と思った。日本語で書かれた文学として好きになった。『ノルウェイの森』は何度も読んだ。自分では短歌を作っていた。

それが長じてアメリカの小説を訳したりもするようになった。あのころ読んだ村上春樹の影響だろうかと考えてみるけれど、関係はあまりないようだ。唯一続けているスポーツはジョギングだが、それもたぶん関係はない。走ることのよい点は、お金が掛からない、ひとりでできる、ボールを使わない、ということだ（わたしは致命的に球技が下手である）。こう書いてみると、走ることと小説を書くこととは結構似ている。

翻訳がひとつの機縁となって（英語が多少はできるということで）、去年はそのアメリカに呼んでもらった。さまざまな国から作家の集まるなか、村上春樹は本当に世界じゅうで読まれているんだなと思った。ビルマの詩人ともフィリピンの作家とも、最初は村上春樹の話をした。話題に困れば村上春樹を持ち出せば場が持った。フィリピンの作家からは、ムラカミの短篇を英語からタガログ語へ訳したいんだけど、彼の英訳者、二人くらいいるよね。どっちがいいと思う？　なんて相談もされた。東アジア圏でのムラカミ受容はおおむね日本と似ていて、アメリカでは少し異なるかな、という印象を持った。

仲良くなった韓国の作家、台湾の作家とご飯を食べたときも、村上春樹の話になった。どちらの国でも村上春樹の亜流が増えている、作家志望の若者が真似をしすぎる、と言う。日本でもずっとそう言われてたよ、と返す。韓国の友人は、でも日本語や中国語でムラカミを模倣してるなんて不思議だ、と言うのだった。彼にとって村上春樹は韓国語で読む作家。中国語も日本語も、韓国語とはまるで違う言葉。なのにムラカミ文体。互いに読めないけど村上春樹。そして真似ている。じつに不思議だと言う彼に、いやでももとは日本語だから。わたしのほうが不思議だから！　と返したものだった。こんなに違うのに同じ村上春樹だなんて、翻訳って不思議だね。アジア食材店で買ったカップ麺を食べつつ、そんな話をした。

中西部のその街に流れる川のほとりをわたしは走った。セントラルパークでも走った。にもかかわらずかなり太った。減量すべくいまも走っている。だが減らない。ふたたびアメリカに行くことになれば、きっとまた太るだろう。でも行きたい。かつて知らなかったアメリカという国に、また行きたいと願っている。

鉄塔のある町で

――今度という今度は、帰ってこられないかもしれない。
あのひとはそう言って出掛けていった。
だからわたしはミシンを踏む。窓からは春の陽が射している。

この海辺のちいさな町には、石を積んだ城壁が建っている。古いむかし、まだこの町が戦争をしたころのものらしい。それは守りの城であり、同時に物見の城だった。灰色の石にはカモメが巣を作り、彼らの卵が隠されている。登ると、海が見渡せる。砂浜の手前まで広がる野原も、海と反対側に迫る森も。家は数えるほどしかない。
海には半島が突き出ていて、鉄の塔が聳《そび》えている。遠くにあるはずなのに、少しもそうは見えない。おおきすぎて遠近が狂うのだ。城壁よりもずっとおおきい。城壁だって、当時としてはおおきなものだったんだろう。むかしのひとたちが、むかしの技術の粋を尽くして建てたのだ。鉄塔はあたらしく、表面の金属は海風に錆びつくこともない。素晴らしい技術が使われているんだろう。けれど鉄塔を建てたひとたちが、どれだけのものを尽くしてそうしたのかはわからない。鉄塔を建てたひとたちのことを、わたしは想像することができない。城壁を作ったひとたちのことのほうが、まだ想像できるように思う。

いつのことだったか、それらの塔を目指してひとりで歩いたことがある。砂浜を右手に見ながら野原を伝っていった。半島へ足を踏み入れると背の高い樹木が目についた。藪を掻きわけ、獣道に沿って歩いた。すると生い茂る笹の葉の向こうに、突如柵があらわれた。頑丈な柵だった。その表面に触れてみた。錆の形跡というもののない、つめたい金属の手触りは指先から背筋へ伝わった。見あげると、柵はひどく高く、わたしの背の何倍もあった。彼方の塔はさらに高い。鉄でできたその巨人たちの、連なった先に、工場がある。あのひとの働く工場が。


あのひとは、労働者だった。この町へ来る前は、おなじようなべつの海辺の町の、べつの工場で働いていたらしい。わたしと出会うずっと以前のことだ。ここにある工場と、おなじものを産出する工場。かたちのないもの、それでいて人間のいとなみに欠かせないもの。だけど、とあのひとは言う。こうした工場そのものが、人間のいとなみに欠かせないのかどうかはわからない。――なぜなら、ほかの仕方でも、それを作ることはできるからね。

教育のあるひとだった。しっかりとした学校を出て、本もたくさん読んでいた。おおきな会社に勤めたこともあった。でも、馴染まなかった。組織のなかでやっていくこと、そのなかで意見を言い、合意して、または合意したふりをして、ひとつのことを進めていく。ひとつの理念を共有する。気持ちを捧げる。捧げたふりをする。そうしたことに、馴染まなかった。どうしても駄目だった。

会社を辞め、雇用期間の短い仕事をいくつかこなすうち、海辺の町にたどりついた。黙々とただ身体を動かす作業は、あのひとの性にあっていた。賃金も悪くなかった。自分のことは言いたがらないひとの、ときどき、強いお酒を飲むようなときにだけ零されたいくつかの言葉。それを集めて組み立てると、だいたいそんなふうになる。あのひとはそうやって、この町へ来た。そしてわたしと出会った。

海の見えるちいさな家に、わたしたちは住んでいた。もともとひとり暮らしだったところに、わたしが転がり込んだのだ。

陽が昇るころにあのひとは起き、乗り物を運転して出掛けていった。鉄柵にある門をくぐることができる、とくべつな乗り物だ。

あのひとの出掛けているあいだ、わたしは洗濯をして、食事を作った。そのころは森の毒気も少なくて、洗濯物を存分に外へ乾《ほ》すことができた。真っ白なシーツをひろげると、野原がすべて自分のものになったような気持ちがした。時間があまるとミシンを踏んだ。

海の向こうに落ちた夕陽の、その残照が消えるころ、カーテンを引かない窓を伝って乗り物の音が聞こえたものだ。わたしは窓辺に立ち、確かめた。あのひとの戻ってくるのが見えると、鍋に火を入れてあたためなおし、サラダの野菜を刻んだ。テーブルに皿をならべ、パン皿にパンを切って入れた。そうして玄関扉の開くのを、少しだけ息を詰めて待った。

あのひとが帰ってこなくなって、もうずいぶんになる。

城壁のあちら側の丘に、サーカスの来たことがある。数えるほどしか家のないこの町だが、それでも工場ができて以来、さまざまな催しもののなされる機会が増えていた。サーカス、と聞いたとたん、わたしは行きたい行きたいと言った。思えば、ずいぶんと幼かった。あのひとはちょうど非番の日で、行ってもいいよ、と答えた。でもほんとうは、自分だって行きたかったのだと思う。

わたしたちはバスケットを用意し、サンドイッチとすもも酒の瓶を詰めた。春先のことで、コートはもう要らなかったけど、厚手の綿の上着を羽織って出掛けた。丘のうえは風が強くて、上着の襟を押さえながら登っていった。ゴミが入らないよう細めていた目に、それでも鮮やかな草の色と、そこへいくつもの点になって散らばった雛菊の白がよく映えて見えた。

サーカスのテントはすぐにわかった。さまざまな布を継いで縫われていて、いかにもサーカスらしい、愉快な柄だった。丘に吹く風のせいで、ひどく揺れていた。――ゼリーみたいだね。とわたしは言った。――カップから取り出したばかりのゼリーみたい。

――飛ばない風船みたいでもあるね。とあのひとが言った。――あと少しで飛ばされてもおかしくなさそうだけど。

長蛇の列とは言わないまでも、多少はひとがならんでいるだろうと思っていた。けれどもまだ誰もいなかった。内側もがらんとしていた。見あげた屋根は波打っていた。嵐の船に乗り込んだような、またはひどく暴れる獣の腹に呑まれたような心地がした。

それでもわたしたちは一等よい席に座り、すもも酒を出して飲むことにした。炭酸で薄めてあるから、わたしのようなものでも飲めた。すり鉢状の中央の、円形の場の片隅に、一頭だけ象のいるのが見えた。年老いた象で、皺の寄った分厚い皮が首や腹部から垂れ下がっていた。象使いは、老人というほどではなかったが、それでもくたびれた印象だった。片手に鞭を持っていたけど、その鞭を使うことはないように思えた。

象は芸をすることもなく、いつまでも林檎を食べていた。ひどくゆっくりとした食べかただった。象使いは傍らに立ち、食べるのを手助けしてやっていた。

テントもまた、いつまでもがらんどうだった。ほかの観客がくる気配はなかった。日づけを間違えたのか、あるいは風のせいで中止になったのか。わからないまま、サンドイッチも食べた。象と一緒に食事している気分だった。がらんとしたテントは寂しかったけど、象も、また象使いも、なぜか幸せそうに見えた。

——この地方は、この国で最初に象がやってきた場所なんだ。

あのひとがそんな話をはじめた。——インドネシアから船でやってきてね、あの森を越え、山を越えて、当時の都へと運ばれた。山を越えたらすぐ都だったから。六百年も前のことだ。

わたしは相槌を打った。——ふうん。知らなかった。

するとあのひとは、ちょっとこちらを見た。わたしの知らないことを教えるので、得意げな気分になったのだ。感情をあまり出さないひとだけど、わたしには何気ない仕草でわかる。あのひとが知っていてわたしが知らないことは、いつでも山のようにあった。そんなことで得意になるなんて、あのひとのほうが子どもみたいで可笑しかった。

――当時の記録が残されている。黒い象、とそこには書いてある。象といったら白いものだとむかしのひとは思っていた。だからわざわざ書いておいたんだろうね。舶来の絵に出てきた象は、みんな聖なる白い象だったから。

それから、ひと呼吸おいて言った。象のほうを、あるいは象よりも遠くの何かを見ていた。――とてもおおきな港があったんだ。外国からの船がたくさん来た。ここはむかし、そんな土地だった。城壁のうえに、物見の城の建っていた時代のことだ。

そしていまは、城のかわりに鉄塔がある――。わたしは、そう続けそうになったけど、言ってはいけないことだという気がした。すもも酒と一緒にその言葉を飲みこんだ。炭酸が少しだけ苦かった。

そのころはまだ森が毒気を飛ばすことも少なかったから、わたしたちはよくピクニックに出掛けた。籐のバスケットに食べ物と飲み物、昼寝用の毛布を詰めて。あのひとは仕事が忙しく、いつもというわけにはいかなかったけど、晴れた休日にはよくそうした。夜勤明けの朝に出て、木陰でひと眠りすることもあった。住んでいるひともいまよりはたくさんいたし、海岸では釣りをするひともいた。

時折、まるで熱帯にいるような、発色のよいおおきな魚が捕れて、釣りびとをぎょっとさせていた。閃《ひらめ》く釣り糸の先を見て、あのひとがわずかに眉を顰《ひそ》めた。海が、あたたかくなっているんだろうか。

――むかしはこんな魚、いなかったんだが。釣りあげたひとがそう言うのが聞こえた。

もうしばらく行くと、今度はべつの魚が、波打ち際に置き去りになっていた。カモメたちの突ついた腹が無惨にさらされていた。

――あなたもあんなふうにして、浜辺に打ちあげられていた。

そう言ったあのひとは、もう眉を顰めてはいなかった。色素の薄い目に、水平線が映り込んでいた。

――とりわけ激しい嵐の翌朝で、晴れていたのを覚えているよ。嵐が来ると、めずらしいものが浜辺に打ちあげられるから、つぎの日には散歩に出ることにしていた。前の晩とは一転した、穏やかな海が嘘のようでね。けれど浜は荒れている。海の神さまがおおぜいで酒盛りをしたかのようなありさまだ。じっさい、どこから流れ着いたのか、酒瓶なんかも落ちてる。面白いものだよ。読めないような奇妙な文字の、外国のラベルが貼ってあったりもする。波と砂とに削られて、まるくなったガラス瓶もある。ほら、あなたが宝石だと言って、ときどき拾ってくるあのガラスのおおきいような。

からかうようにこっちを見る。水色の、藍色の、または緑の透明なかけら。ふちがまるくてきれいなそのかけらを、わたしは拾い集めていた。いつかネックレスにしようと思って。

それがほんとうは石ではなくガラスなんだと知ったとき、とても驚いたものだった。土や海から生まれたのではなく、人間が作ったんだということに。ひとの手になる何かが、こんな種類のうつくしさを帯びることがあるのだと、そのことに驚いたのだった。

――そういういろんな漂着物を眺めて歩いていた。そうしたら、遠くの岩陰に何か倒れているのが見えた。それがあなただったんだ。

幸い、まだ海鳥には突つかれていなかったと、冗談みたいに微笑んだけれど、あのときあのひとに拾われなかったら、わたしはいまごろどうなっていたか、ほんとうにわからなかった。もうずっとずっと前のこと、わたしにとっては思い出せないほどもむかしのことだけど、そのことを考えると、いまでも背筋がぞっとする。

――誰かがやらないといけないんだ。はじめから、負けは決まっているとしても。

あのひとはそう言って、出ていった。あの朝、食事もろくに摂らずに、いつもよりずっと早い時間に。あるいは、そう言った気がするだけだろうか。出ていく表情が、そう言っていた。怒っているような、悲しげなような。

あの朝のことを、何度も思い出している。何度も、何度も、擦り切れるほど。曇っていた空模様。風が強くて窓を閉めていたこと。森から飛んでくる粒子で鼻や喉を痛めないように。あるいは、窓は開けないようにとあのひとが言ったのだろうか。窓は開けてはいけない、これからも、ずっとなるべく開けないように。

――ずっと、って、いつまで。

――ぼくが帰ってくるまで。

じゃあ夜までだね、と言いかけてやめた。――いつ、帰ってくるの。

あのひとは答えなかった。あるいは、言った。――今度という今度は、帰ってこられないかもしれない。

それは記憶だ。幾度も幾度も再生されて、擦り切れてしまったテープのような。

わたしはミシンを踏み、ミシンを踏む。

糸巻きの糸は減っていく。毎日、毎日、減っていく。

床には布が散らばっている。広がって襞《ひだ》をなし、山を作り、谷となって、それから海になりたゆたっていく。窓からは陽が射し込んで、ひかりの溜まりができている。

ひかりの溜まりのできる場所は、午前と午後とで違う。太陽が天の道を通るのにあわせ、溜まりも一緒に移動する。朝のうちは部屋のあちら側、壁際のあたりにある。それが次第に近づいてくる。少しずつ色を変えながら、正午には強く、午後にはふたたびやさしくなって移ろって、最後には、わたしの手許へ来る。

根を詰めて作業していると、気がつかないこともある。布を滑らす左手の甲に、橙色のあたたかい小鳥が載るような感触があり、見るとそれは今日最後の日溜まりなのだった。

ミシンを踏む足を止め、顔をあげる。すると正面にある窓を、夕陽が通っていくところだ。窓が燃え、赤が溢れている。空だけでなく海も燃えるから、海の夕焼けは陸の倍赤い。つかのま、わたしはいなくなる。ただ見ているだけの何かになる。

そうして我に返ったときには、手のうえの小鳥は消えている。

ていねいに洗濯をすることも、手の込んだ料理をすることもない一日は、あのひとのいたころとはずいぶん違う。

夜になるとわたしの背中は痛んだ。眠っていても、目が覚めた。あるいは意識のないままに、うめき、泣いては引っ掻いた。苦しがって声をたてた。

その気配を察すると、あのひとはこちらの部屋へ来た。わたしたちはべつべつの部屋に起居していた。どのみち一緒に住んでいるのだし、寝部屋もおなじで構わないとわたしは思っていた。けれどあのひとはこう主張した。――いろいろなことが、もっときちんとするまで分けておこう。

律儀なところのあるひとだった。あなたはまだ幼いんだから、とも言った。

寝台へ腰掛けると、見せてごらん、と言った。わたしは頷き、背中を向けた。あのひとは枕許のランプを灯し、寝間着の後ろをめくりあげた。そうして、言った。――羽根が生えてきているね。

わたしはあんまり驚いて、つかのま痛みを忘れるほどだった。――まさか。

――ほんとうだよ。羽根が生えかけていて、背中の皮膚を持ちあげてるんだ。ところどころ、もう皮膚を突き抜けて、こちら側に出てきている。ああ、これは痛いだろうね。

言われると、ほんとうにそうなのだという気がした。こんな疼きは、羽根でも生えてきているのでなければ考えられない。

いま抜いてあげる、と言って、あのひとはその痛むところを、ひとつ、ひとつ、摘《つま》んでいった。摘まれたところの羽根は抜け、抜けたところの皮膚は穴があき、今度はひりひりと血が滲んだ。

あのひとは、頑丈なわりにとても柔らかい手のひらで、その部分を撫でてくれた。薬も何もつけなくても、それだけで凪いでいくのだった。わたしの呼吸がゆっくりになるまで、両の手のひらをぺったりと、そうして背中につけていた。あのひとの手はおおきく、わたしの背中はちいさかったから、すっかり覆うかたちになった。

そのままわたしが寝入ってしまうと、あのひとは部屋を出ていった。あるいは目が冴えてしまうようなときには、しばらく相手をしてくれた。

——ねえ、羽根を見せて。抜けた羽根を。

大人げなくもわたしは言った。だって子どもだったのだ。

するとあのひとは、ほら、と言って、すぼめた手のひらを差し出した。枕許のランプはもう消されていて、目を凝らさないと見えなかった。手のひらのちょうど窪んだところ、生命線の通るあたりに、ぼんやりと青くひかるものがあった。

目の、錯覚だったろうか。——きれい。とわたしは言った。

あのひとは手のひらを傾けて、わたしの手に、それを移した。青いひかりは間もなく消えた。

——あなたの身体から出たものだよ。あなたのちからだよ。あなたの、エネルギーだ。

暗闇に、声が溶けていった。

目を瞑《つむ》ると、その声が聞こえる。わたしの羽根、わたしのエネルギー。


あるいはほんとうにそうだったのかもしれない。ほんとうに羽根が生えていたのかもしれない。

海で拾われたわたしは、海から生まれたものだった。あたたまって生態系の変わった海。その海で生まれた突然変異の、新種の生きものなのかもしれない。

だからわたしはひとりなんだろうか。

突然変異の生きものに、つがいになるような誰かはいない。

わたしはミシンを踏んでいく。わたしはわたしの縫っているものが何なのかをまだ知らない。最初のころは、カーテンを縫おうとしているのだと思った。夏に備えて、西側にある窓からのひかりを和らげるために。でも違った。夏になっても、縫い終わることはなかったから。

そのつぎには、布団カバーを縫っているのだと思った。冬に備えて、もう一枚布団を重ねて眠れるように。わたしはとても寒がりだから。でも違った。冬が終わってふたたび春が訪れても、まだ縫い終わる気配はなかった。

そのつぎには寝袋なんだと思った。でも家から出ないわたしには、寝袋なんて必要なかった。そのつぎにはちいさな気球に見えた。でも気球なんて、どうしようというのだろう。

日ごとに、それは変化していく。徐々にかたちを変えていく。縫いやめるということはできない。まるで意志を持った何かみたいだ。わたしはその意志に引き摺られている。あるいは、お互いさまだろうか。縫っているわたしと、縫われている何か。互いが互いを離さずにいる。わたしたちは共生している。止まったままの長い時間を、互いに寄り掛かってやりすごしている。

そう、時間は止まっている。あのひとが出ていった、あの日以来。

けれど容赦なく進むものもあって、たとえば身体の時間がそうだ。わたしの身体は進んでいる。一緒に食べるひとのいない食事は量も品数も減って、身体はずいぶんと細くなった。肉が落ちただけでなく、骨が伸びてもいるのだった。

でも何よりの変化は、卵を産めるようになったこと。

日々に満ちてゆくわたしの子宮。その壁は厚くなり、わたのようになり、発達して卵を横たえようとする。

卵の降りる日は身体が重い。月にひとつだけの卵。抱えて、寝床にうずくまる。大事なひとつだけの卵。

暮れてゆく部屋のなかで考えている。

この卵もまた、ひとりで産まなければならない。

ひとりで産む卵は無精卵だ。

無精卵が、孵化することはない。


あるときわたしは気づく。糸が、もうすぐなくなってしまう。糸を買いにゆかなければ。糸巻きの糸はもう幾許《いくばく》も残っていない。

わたしは出掛けることにする。町に一軒だけある手芸店へ、丈夫に縒《よ》られた絹の糸を、て、ぐ、すのように細く頑丈で、強く引けば手のひらさえ切れてしまいそうなその糸を、仕入れにいかなければならない。

口許を厳重にマスクで覆い、スカーフでぴったりと髪を隠す。長袖の、汚れて捨てても構わない上着を着て、指先や甲は手袋で覆う。この二年ほどのあいだに、森から飛んでくる粒子の毒気は甚大なものになっている。伐採されたあとを補うために、大量に植えられた杉やヒノキ。そうした木々がこの二年ほどで威力を増してきている。どんなに気をつけても、気をつけすぎることはない。

扉を開けて外に出ると、すばやい動作ですぐに閉める。鍵を掛けるのを忘れずに。外に出るのなんて、いつぶりだろう。戸外の陽射しは窓越しとは較べものにならないほどで、野原は明るく影もない。たんぽぽに蜜蜂が来ている。れんげももう咲いている。

ふと、引き返したくなった。家のなかに戻りたくなった。だけど、糸を買わなければならない。糸のなくなるときが、縫い終わるときだ。縫い終わることがわたしは怖い。自分の縫っているものが何なのか、知らなければならないことが怖い。

手芸店への道のりは野原を通っていく。途中にぽつぽつと家があり、それぞれに隣りあって畑がある。今年は、あたたかいからだろうか、キャベツが異様なほど成長している。菜の花もよく育っている。けれどこんなに天気がよいのに、畑に出て作業するひとが誰もいないのは妙だった。

路地裏から出てきた猫は痩せていた。わたしの姿を見て驚いたのか、曲がり角でしばらく固まっていた。やがてこちらへ近づいてきた。か細い、甘えるような声で鳴く。餌を欲しているらしかった。

ごめん、食べ物は持っていないんだ。こころのなかだけで謝った。坂道を降りていくと、やがて波の音が響いてきた。

突堤に沿ってまっすぐゆけば、商店街が見えてくる。こぢんまりとしているけれど、このちいさな町の生活用品を扱う大切な店ばかりだ。でもいまは、シャッターが降りていた。手芸店もまた休みだった。

長袖の上着のなかが汗ばんでいた。けれども脱ぐことはできない。森の毒気はこんな海辺にまでも届いてくるものだから。むしろ海辺に近づくほうが、いっそう危険なくらいだから。そう、これは森の毒気のため。杉やヒノキの粒子から、身体の表面を守るためなのだ。

――ほんとうに正気なの。

ふと、耳の奥に声がよみがえる。騒ぎの渦中で聞いた声。……あの日あのひとが出掛けてから、間もなくたいへんな騒ぎになった。ひとびとの言い交わす声は、野原のまんなかのわたしの家にも聞こえてきた。――とにかく、もうここにはいられない。――悪いことは言わない、町を出なさい。――気持ちはわかるけど、待つなんて。

わたしをいたわり、慰め、それから忠告するひとびとの声。ほとんど叱りつけるようにして、出ていくことを促した声。

もうここにはいられない。森が、毒気を飛ばすから。呪文のようにわたしは繰りかえす。それらの声を掻き消すために。すべては、森の毒気のせいなのだと。

砂浜へ、わたしは降りていった。海は穏やかで、風までが水色をしているように思えた。半島が見渡せた。半島のゆたかな緑も、巨人のような鉄塔の群れも。鉄塔のひとつひとつを繋いでいるいくつもの電線も。海から漂う靄《もや》を通しても、はっきりとよく見えた。

波打ち際にちいさな魚が落ちていた。うっかり波にさらわれて、打ちあげられてしまったのだ。工場が動かなくなって海の温度も下がったのか、熱帯のようなあの発色のよい、おおきな魚は落ちていない。とりわけて激しい嵐のあった日、わたしがここに打ちあげられていた日。あの日あのひとが見つけてくれなかったら、そうして背負って家まで運び、手当てをして寝かせてくれなかったら、わたしはふたたび波に呑まれていたかもしれない。暗くて、つめたくて、誰もいなくて、たったひとりで水にふさがれて。それから何年もの時が経って、そのときの嵐のような、あるいはそのときの嵐とは較べものにならないひどい嵐が来て、工場で事故が起きた。安全だと言われていた、みんながそう信じていた。あるいは、信じているふりをしていた。あのひとは気がついていた。けれども働き続けていた。

砂浜に、わたしは横たわる。あの日打ちあげられていたのとおなじように。仰向けになって、太陽を見る。両目に手を当ててみる。そのままぎゅっと押しつける。

緑色の粒々が、まぶたの裏に踊りはじめる。緑色の、あるいは青の、ひどく発色のよいひかりの粒。踊りながらまわっている。

——エネルギーだよ、とあのひとは言った。暗闇のなかで青くひかる色。その色にわたしもまた魅入られた。それは天から盗んだ火。禁じられた技だった。その色を、海の底でわたしもまた見た気がした。いつか、この浜へ打ちあげられた、打ちあげられるずっと以前。時間は戻り、繰りかえす。わたしは、一度死んだものだった。一度死んだわたしがこの浜で、あのひとを思っている。

わたしが縫っているのは、経帷子《かたびら》だったんだろうか。

目を開けて起きあがると、鉄塔は変わらず聳えていた。きっと永遠にあるのだろう。永遠に、錆びつくこともなく、ここに立ち続けているのだろう。

やってきた道をふたたび抜けて、わたしは家へと戻っていった。がらんとした町は、あのサーカスのテントみたいだった。

はじまらなかったサーカスをひとときおり観ていたわたしたちは、あのとき、日も暮れてから家路についた。街灯のひかりは橙色で、そのひとつひとつのしたに、ちいさなサーカスがある気がした。

――いつかほんとうのサーカスを観にいこう。あのひとが言った。――サーカスっていうのはね、まったくたいしたものなんだ。

わたしは頷いた。あのひとの持っている本のなかで、サーカスの写真を見たことがあった。燃える火の輪をくぐるライオンや、張り渡された綱のうえを信じがたい平衡で渡る踊り子。燕尾服の座長。駆けめぐる馬。玉乗りをしてみせる象。

――あの象、少しも芸をしなかったね。思い出してわたしは笑ってしまった。

――でもなんだか、幸せそうだった。少し笑って、あのひとが言った。

きっと象使いが隣にいたからだ。そうやってただ隣にいることが、きっと幸せなのだと思った。あの象使いも、嬉しそうだった。自分の差し出す林檎を、象が食べる。それを見ているのが嬉しいのだと思った。わたしもまたそうだったから。わたしが作った料理を、あのひとがおいしそうに食べる。その様子を見ているだけで、満ち足りた気持ちになったから。

――いつか、いろんなものを見にいきたいね。サーカスだけじゃなくて。

いつかのいつか、この町を出て、世界じゅう、いろんなところへ行こう。あのひとが、そんなふうに言った。――あなたがほんとうはどこから来たかも、そうしたらわかるかもしれない。

ほかの人間と暮らすということは、両親のもとを離れて以来、自分にははじめてなのだとも言った。不思議なものだよ、と。

――あなたはもしかしたら、人間ではないのかもしれないね。

わたしは答えた。――羽根だって生えるし。

――そう、羽根だって生えるしね。

――人間じゃなかったら、何かな。

――象かな。

――象に羽根は生えないよ。

――よく知ってるね。

――それくらい知ってる。

わたしたちは手を繋ぎ、夜の野原を通り抜けた。あのひとの手のひらはとても柔らかく、頑丈で、少し湿っていた。


いつかのいつかの、いつかのいつか。

いろいろなことが、もっときちんとしたら。


糸巻きに残った最後の糸で、わたしは仕上げを施していく。

何百回めかの朝のひかりがふたたび部屋に満ちてくる。窓に反射する、海のひかり。明るすぎるその陽射しのなかでわたしは針を刺していく。

幾重にも襞をなす、長い裳裾のその縁に、細かな文様を編み込んだレース飾りを縫いつける。寄せては返す波が残す、砂浜のあの縁飾り。海岸線を幾重にも飾りたてる泡のような、それは純白の透かし模様だ。

そうして、ミシンを片づける。

肉が落ちて痩せた背中に、衣装はぴったりと似合うだろう。わたしの背は、もう充分に高い。部屋の端から端までも、届く豪奢なロング・トレーン。細く仕立てた袖に、腕を通す。頬から首を覆うヴェール。手のなかには珊瑚のブーケ。

わたしは海へと還っていく。

どうしてパレード

中山智幸

コラム——村上春樹、そして私

卵かけごはんを彼女が食べてきたわけじゃなく

中山智幸

なかやま・ともゆき　一九七五年、鹿児島県生まれ。小説家。二〇〇五年、「さりぎわの歩き方」で第一〇一回文學界新人賞を受賞。著書に『ブラスデイズ』(NHK出版)、『空で歌う』(講談社)、『ありったけの話』(光文社)などがある。

高校時代につきあった子の自宅近くに、コンクリ三階建ての廃アパートがふたつ並んでいた。もとは官舎だったと聞く。窓は南向き。さぞかし日当たりがよかったのだろうけれど、僕らがそこに通い始めたころには、ひと部屋残らずカーテンもはずされ、色褪せた畳の上にスコップや洗面器といった品が転がっていた。どの部屋を見ても、殺人現場を覗く気分を味わえたものだ。

建物北側の階段はすべて鎖で封鎖されていたものの、軽々またげる程度のもので、表通りから離れていたアパートは高校生男女にとって絶好の隠れ家になった。

部屋のドアはすべて施錠されていたし、窓ガラスを割るのもためらわれたので、二階と三階の踊り場が僕らの定位置だった。

ときどきひとりでも訪れ、日が暮れるまで読書に没頭した。

村上さんの作品を初めて読んだのも、そこでのことだ。

長いタイトルに惹かれて買った文庫を開いたまではよかったけれど、のっけから何が書かれているのか理解できず、何度も読み返したのを覚えている。

繰り返し、繰り返し読んだ結果、廃アパートの静かな踊り場と物語内の奇妙なエレベーターの描写が、ひとつの記憶としてパッケージされたのは不思議なことじゃない。厄介なのは、卵かけごはんまでそこに紛れてしまったことだ。

読み始めたのと同じ日に恋人とキスをした。卵かけごはんの味、だと感じた。

とはいえそれはとても疑わしい印象だ。なぜなら僕は小学校入学あたりから生卵がどうにも苦手になってしまい、三十八の現在に至るまでほとんど口にしていない。アパートでのキスの時点で十年のブランクがあったわけだ。そんな印象が正確なもののわけがない。

だけどいまだに、卵かけごはんを見かければ、廃アパートやキスの思い出をすっ飛ばして、エレベーターの場面にまで引き戻されてしまう。

『世界の終りとハードボイルド・ワンダーランド』のタイトルを見ただけでも、口中にねっとりした味がひろがる。

多分それは、どこにもない味なんだろう。

どうしてパレード

四歳の娘が妻と出かけているあいだに生木のクリスマスツリーを処分した。大晦日の前日のことだ。

帰宅するなり、ツリーはどこだと娘が言い出した。

僕が口ごもるより先に妻が答えた。

「捨てました」

「どうして?」

「終わったでしょ、クリスマス」

「どうして?」

〝どうしてパレード〟と僕らが呼ぶ現象に対しての諸先輩のアドバイスは、**成長過程のひとつですから根気強くお話ししてあげてください、**もしくは、**お母さんがストレスを感じるようなら思いきって無視するのも手です。**後者は間違いなく女性の言葉で、僕にはそうそう実践できない。

「なにもらったんだっけ?　ほら、サンタさん」と妻は言った。

「うさぎさん!」

「よかったね」

「ツリーは?　どこいったの?」

「あれは本物の木だから、部屋の中じゃ生きてけないの」

「どうして?」

「だから捨てました。はい、もうおしまい。おてて洗おう」

妻が先に洗面所へ入ると娘は再び僕に向いた。

「パパ、どうして? どうしてすてるの?」

名指しの問いかけに僕は控えめに唸りながら指先をこすりあわせた。うまい答えが出てくるのを待っているのに、頭をよぎるのは言い訳のための記憶ばかりだった。

半年前には使える単語もわずかで、娘の言葉はスローでまとまりもなかったのに、四歳の誕生日あたりから急速に整備が進みだした。多少の凹凸はあった。月曜日から日曜日までを順に言えて得意顔になるけれど、次にまた月曜日が戻ってくるんだと教えると、僕を知らない人のように見た。発音も時制もまだまだ間違いだらけで、つきあうのも一苦労だったものの、医者や保育士からひとり娘の言葉の遅れを警告されていた僕ら夫婦には、それでも歓迎すべき変化だった。

どうして車は走るの?

どうして先生は先生なの?

どうしてうちにクモがいるの?

「そういうものだ」と突き放しきれないのは、教育上の方針というより、僕自身の経験によるところがおおきい。初めて付き合った女性から前触れひとつもなしに別れを告げられたとき「どうして? どうして?」と僕は粘り、「恋愛ってそういうもんじゃん」と舌打ちされた。瑣末、でも決定的な記憶。

成長過程のひとつですから根気強くお話ししてあげてください。

助言に従い、知らないことは調べるよう努めた。とはいえ保育士の経歴やクモの住環境はググっても出てこないし、求められているのはそもそも正確な情報でもない。

「知りたいってより、納得したいからなんだよな、どうしてって質問するのは」

ある晩、娘を寝かせたあとで妻に言った。同意を求めたつもりだったのに、彼女は「違うよ」と応じた。

「わたしにはあれ、別れの言葉に思える」

どうして、と訊きそうになって、僕は通常より長めに空気を吸った。妻はこう続けた。

「本で読んだんだけど、赤ん坊って最初、世界と自分がひとつなんだって。それがだんだんそうじゃないらしいって理解していくらしくて、〝どうして〟って質問はその対象に〝自分以外〟って認識が発生してることの表れらしいから、そうやってまずは距離を見つけて、観察して、周りを描いていくことで自分の輪郭をかたどっていくんだって」

なるほど一理あると思いかけたものの、その説が正しいなら「どうして？」の答えは「おまえじゃないから」だけでまかなえるはずだし、よくよく考えてみると妻の解釈は「どうして私じゃないの？」という問いを呼び込むだけだ。僕が探っていたのは娘の「どうして？」すべてに対応する解法で、仮説だって用意していた。

〝どうしてパレード〟は穴埋め問題だ。〈要素A〉と〈結論B〉のあいだに記入欄があると想定すれば、問題は効率化される。入れる言葉は、やさしいほどいい。

たとえば「どうして車は走るの？」という問いに僕はこう答えた。

〈車は［走るのがお仕事だから］走る〉

〈A：廊下のツリー〉と**〈B：捨てた〉**の間を埋めるにあたって、正確を期すなら、ツリーを飾る時期や由来を語らなくちゃいけない。オーナメントといっしょに保管しておけないのは生木だからで、なぜ生木だったのかを説明するには仕事上の付き合いやつまらないしがらみにも言及することになる。そんな事実を並べるなら、記入欄は果てしない廊下のようになるだろう。いっそ「ツリーはおうちに帰った、また次のクリスマスに遊びに来てくれる」とでも語ったほうが情操教育にもよさそうだけど、そんなまねをすればこんどは妻がどうしてと言い出す。「やめてって言ったよね」そう責められる。

クリスマスの前まで、娘相手に絵本を読むときは絵だけを見て、物語は即興で語っていた。印刷された文字を何度も何度も音読させせられるのに辟易し、あるとき思いつきで始めたスタイルだった。ベッドでは絵本を持つことすら放棄し、からっぽの掌の小指側面をくっつけて本に見立て、頭に浮かぶ行き当たりばったりの物語を聞かせた。娘はそれを気に入ってくれ、僕を真似して自分の手で架空の小さな本を開くまでになった。初めて娘が語ってくれた物語を僕はずっと覚えている。

あるところに　おじいさんとおじいさんがすんでいました
おじいさんは　かわへせんたくに
おじいさんは　やまへあそびにいきました
おじいさんがせんたくしていると
おじいさんがながれていきました

おしまい

保育園でもお友達や先生たちに物語を披露していると聞いたときは内心鼻を高くしたが、報告する妻は戸惑うフリで憤っていた。クリスマスイブの夜だった。創作のせいでちょっとはぶられているみたい、と彼女は最後に付け足した。

「ちょっとって、どれくらい?」

僕の質問は流された。

トマトも雪もライオンも木曜日も、お話のなかではみんな生きもので、遊んだり食べたり喋ったりする。まずいのは、物語と現実の混同だそうだ。たとえば創作の中で娘がキリンとバスに乗る。後日それを事実のように「わたし、キリンとバスにのったんだ」と娘は主張する。先生たちは苦笑いを浮かべるし、嘘つきと呼ぶ子だって現れる。

もうあと半年、一年も過ぎるころには本当と作り事だって区別できるようになるだろ、という僕の楽観を妻は疑った。

「なにかで調べた?」

そうじゃない。半年前、一年前を振り返ると、成長を侮れないだけだ。わかるけど、と妻は溜息をついた。納得してないのは無言でもぞもぞ動く唇でもわかった。以心伝心ってのは愛情より嫌悪のために働くものだ。僕は創作を控えると約束した。

「どうしてすてるの?」

ツリーをめぐる質問についてさんざん考えた末に、だから僕はただ謝るしかできなかった。

翌朝、娘が廊下の端で立ち止まっていた。玄関からまっすぐに延びる廊下の行き止まりのところ、ツリーが置かれていたあたりに「さみしいねえ」と声をかけた。

「なにが」と僕は訊きながら、飾っているときはほとんど無関心だったじゃないかと胸の内で付け足した。

「ツリーさん、いなくなったでしょ」

「そうだね」

「どうして?」

「捨てたから」

「どうして?」

「だから、ごめんって」

捨てたツリーは一メートルちょっとだったのに、娘は天井を見上げんばかりの姿勢で嘆息した。

「つまらない木だったよ。細くて、長めの枝みたいだったよ」

そう諭す僕を娘は知らない人のように見た。

妻が夕飯を準備するあいだ、僕らは余り物の白い段ボール箱を解体し、厚紙となった段ボールにクレヨンでお絵かきした。そのうちの一枚に娘は不恰好な楕円を描いて「かお」と先に宣告し、がたがたの目と眉と口を足した。震える線で体もつけた。性別不詳の人物の輪郭に沿って僕がカッターで切り、足元は円型に抜いて折り曲げて土台にした。身長およそ三十センチ、髪のない笑顔の人物が両手を広げて立ち上がった。

「あなたはだあれ?」

娘が話しかけた。

「さあ誰かな」

僕の問いに、芝居がかった動きで顎に手を添えた娘は下唇をきゅっと嚙み締めて首を斜めに傾け、うーん、とちいさく唸り「ポンちゃん!」と叫んだ。飛びだした名前にキッチンの妻が首を伸ばした。

「ポンちゃん? えーと、男の子?」

娘は「ちがうよ」と首を振った。

「ポンちゃんはね、とりさん」

「じゃあ、これ、羽?」

「ちがいますー。これは、おーてーて」

「鳥さんなら、羽あると思うけど」

「どうして?」

びっくりする娘に、僕もびっくりしてみせた。

「羽がある動物を、鳥って呼ぶんだよ」

「どうして?」

「羽がある動物のことを、鳥って言うんだ。どうしてポンちゃんは鳥なのに羽がないの」

「かしてあげてるから」

「羽を? 誰に?」

「うーんとね、はねのおかあさん!」

娘はまたげらげら笑った。妻がまた首を伸ばした。

「羽にお母さんがいるのか。なら、きっとあれだ、ポンちゃんの羽はちょっと汚れちゃって、それで羽のお母さんにお洗濯してもらうから、終わって返してもらったらまた飛べるんだ」

「そうだよ!」

満足気に娘は賛同した。

これで話は終わりだと安堵する僕の目の前で娘はポンちゃんを手に取り、ドアを開けて廊下の端に立たせた。「もうさみしくないね!」と娘は僕に振り向き、笑顔で頷いた。僕もつられて頷いた。

夜中にそばを食べ、年をまたぎ、僕と妻は今年もよろしくと、約束のような挨拶を交わしてから寝室に入った。

年越しにいつも思い出すのは十代最後の大晦日。当時の恋人と車でセックスした。やりながら、時計をちらちら確かめた。挿入したまま年を越したかった。毎年、そこから何度目の年越しなのかを数える。いっしょに越年した恋人の顔は、だいぶ前から思い出せない。欲しいものの話ばかりする子で、「ないことばっかり話してる」という僕の指摘に「ないから話すんだよ」と彼女は言った。顔はやっぱり出てこない。

夜が明けて、娘の新年最初の挨拶は、僕でも妻でもなくポンちゃんに捧げられた。

それから二日後の朝、寝室から出ると、娘がポンちゃんの前に体育座りでおしゃべりしていた。廊下はじっとしていられないほど冷えていたけれど、それ以上に僕は寒気を感じた。本棚に並ぶ背表紙の平仮名だけを横につなげて音読したり、使ってない客間のドアを何度も開け閉めしたり、些細な奇行には慣れていたつもりでも、自作の絵と談笑する背中は許容量を超えて感じられ、幼児のひとりごとについてネットで調べた。答えは三択だった。

①見えないお友達と話しているのはSOSのサインです。
②見えないお友達と話しているのは成長過程のひとつです。
③見えないお友達と話している？　あなたに見えないだけでは？

正月休み最後の夜、娘を眠らせたあと、もらいものの日本酒を飲みながら妻に質問した。

「ポンちゃん、ずっとあそこにいるのかな」

座って話し込む姿を目撃したのは一度きりだったけれど、廊下を通るたび、娘はポンちゃんに挨拶していた。

妻は一言、「そのうち捨てるよ」とだけ答えた。なんならスケジュール帳に書き込んでおこうかとでも言い出しそうな彼女の態度に、通常より長めに僕は空気を吸った。長く吐いた。ぬるくなったお酒を口にふくんだ。なにも出てこないのはわかっていた。なにもない壁を見つめながら僕が思い出していたのは、前の冬のことだった。

叔父の葬式から戻った僕らは思っていることを余さず伝えあおうと、娘を寝かしつけたあとで深く話し合った。亡くなった叔父は父より僕に年齢が近く、自身の昇進を喜ぶ年賀状をもらったばかりだった。不慮の事故による死、それも奥さんと大げんかして出かけた先での不幸は、他人事と思えなかった。深夜のダイニングテーブルで僕らは気持ち悪いくらい、互いに感謝しあった。気持ち悪いというのはあとあと思い返したときに芽生えた印象で、語り合う最中は真剣だった。愛を照れずに口にし、自分たち家族が生きている喜びをわかちあった。喧嘩して出かけるなんて事態は避けたかったもののの、それまでの経験から諍《いさか》いを撲滅もできないだろうという見解も一致して、喧嘩になりそうなときは落ち着いて和解しようと約束した。万一、頭に血がのぼって言葉を操れそうにないときは、自分の手で自分に目隠しすることに決めた。仲直り希望のサインだ。話はそれでまとまりかけたが、葬式帰省の疲れがむしろ眠気を遠ざけていて、この際だからと僕らは互いの欠点まで伝えあった。紙に書き出し、努力目標を設定した。鼻に指を入れない、服を二枚重ねて脱がない、脱いだ靴を嗅がない、などなど。それで夫婦仲が円滑になると考えていたし、実際、言葉にしたことはその後の生活でうまく機能していると思う。でも、それから一度も喧嘩になっていないのは、愛情が鍛えられたからじゃなく、言えることを言い尽くした結果生じたぎこちなさのためだ。娘のことではぶつかった。自分たちのことは、どれも一度は話したことに思えて言葉にできなかった。文句を言えば、いまさらなにを言うのかと妻より先に自分が思った。そのぎこちなさは、子どものころ御守袋の中身を見たあとと似ている。入っていたのは厚紙だけだった。信じないわけじゃない。でも、どう信じればいいか、わからない。

一月が半分を過ぎると、娘は廊下を無言で通り過ぎるようになっていた。

「挨拶しないの」と促すと「なんで?」と問われた。

「してたじゃん、挨拶」

「してないよ」

娘は憮然とした。

その晩、僕はポンちゃんを隠した。

翌朝、寝室を出た娘が廊下を駆け戻ってくる足音だけで、賭けに負けたことを僕は悟った。

「ポンちゃんどこ！」

怒る娘をなだめながら布団を出てリビングまで進み、本棚の雑誌の上に差し込んでおいたものを渡した。

「もう！　なんでかってにうごかすの！　うごかしちゃダメでしょ！」

「だってもう挨拶もしないじゃないか」

「してるよ」

「してなかっただろう」

「ポンちゃんはね！　うちのこなんだよ！」

前日の薄情さを問い詰めてやりたくもなったけれど、相手は四歳だ。嘘の自覚だってない。嘘でなければ、それは現実なのだ。

歯をむきだすように怒るのは母譲りで、もう長いこと妻にその表情を見ていなかった。

もともと僕らは職場が近く、よく行く弁当屋で知り合って夫婦にまでなった。退屈な通勤も彼女となら個室で過ごすみたいに満たされた時間になった。出産し、育休も終わって彼女も会社勤めに復帰したけれど、保育園の送迎の都合で同伴出勤はなくなった。すべて昔話みたいだ。彼女とよく買い物した駅ビルは乗り換えのポイントでもあり、妻の育休中に全面改修された。ホームからホームへの移動距離が倍に延び、途中の通路にアパレルをはじめ多様な店舗が並んで賑やかになったものの、僕には用のないものしか売られていなかった。ティッシュやチラシをつきだしてくる手を無視する技術に磨きがかかったことと、自宅を出る時刻を早めたこと、僕にとっての変化はそれくらいだった。

二月の終わりごろ、仕事から戻るとポンちゃんの前にポケモンが四体並んでいた。娘は寝ていたので妻に聞くと、お友達を紹介してあげているのだという。ハッピーセットで集めたずんぐり体型のフィギュアたちはアイドルを囲むファンのようだった。エモンガ、ポッチャマ、あとなんだっけ。ピカチュウ？　悩む僕に妻が「ミジュマルとポカブ。ピカチュウはいません」と教えてくれた。

それからは日替わりで、うさぎのぬいぐるみをはじめとするおもちゃたちがポンちゃん参りに出てきた。

三月に入るとおひなさまもポンちゃんと対面した。男女一組、最小限の雛人形に向き合うポンちゃんは、両親をはるかに追い越して成長した子どものようだった。

雛人形は事前に「しまうもの」と教えていたので、三月三日を終えて箱に戻すときも抗議はなく、また来年、と妻がふたを閉じると、また来年、と娘が真似た。

おもちゃたちの挨拶は一巡して終わった。

ポンちゃんは残り、娘の挨拶は続いた。

寒さがやわらいだ夜、帰りの電車が途中駅でホームを行き過ぎて停まり、すこし、バックした。逆方向へ進みだすときの引っ張られるような力に僕もすこし揺れた。スマホをポケットにしまい、外を見た。進行方向にむけて走りだしても、窓に映る自分越しの景色を僕は眺めていた。川面を覆う桜の花で、ここ何年か花見をしていないことを思い出した。

帰宅すると妻が泣いて、娘がそれを慰めていた。しゃがみこむ妻の頭を抑えつけながら、「だいじょーぶ」と言う。保証もできないこと言わないでください。会社の部下にそう言い返されたことがある。ミスをフォローするつもりが、こちらのミスを糾弾された格好で、以来その一言を僕は持ち出せなくなっていた。

「どうした」と聞くと娘は指を一本鼻に沿わせて立てて「しーっ」と眉間に溝をつくった。それからまた「だいじょーぶよ」と妻の頭を撫でた。

寝かしつけのあとで事情を聞いた。

このところお手伝いに精を出している娘が、夕飯で使った食器を台所まで運んでくれた。平皿を一枚、妻が泡まみれの手で受け取ろうとしたとき、うまくつかめずに落として割ってしまった。誰かの引き出物にもらった三枚組の白磁だ。娘をリビングに退避させて大きな破片を拾い、掃除機をかけ、フローリング用ワイパーで念入りに床を拭いてから、妻はもういちど謝った。驚かせてごめんね、と。

そこで涙が落ちてきた。

「ほっとしたから?」

僕は訊いた。妻は否定も肯定もせず、顎をひき、不規則にまばたきした。

そして普段とまるで異質の、実に落ち着いた口調でこう告げた。

「あの子のこと、ポンちゃんって呼んでたの」

初耳の話でも、生まれなかった第二子のことだとわかった。性別も定まっていなかった。痛みもなく消えたと妻には聞いていた。

あの日僕は会社を早退し、保育園で娘をピックアップして病院に着いたときには終わっていて、大丈夫だよと僕は言ったかもしれない。妻のお腹もほとんど膨らんでいなかったし、周りにもまだ伏せていた。案外冷静な妻に娘を託し、僕は病院のトイレで個室に入ってしばらく壁を見ていた。青白い、つるんとした壁だった。五分くらい、そうしていた。初対面だし、二度と見ることもない壁。なぜだかそいつで泣けると思っていた。腰に手をあて睨んでいるうちにだんだん腹が立ってきて、来いよ、泣かせてみろよと無言で迫った。壁にだ。どうした、青ざめてるじゃないか、え？　泣かせろよ、ほら。

当時、娘は二歳にもならないころで、妻は娘の相手のかたわら、お腹にも話しかけていたそうだ。ポンちゃん、と密かに呼んでいた。**胎児に愛称をつけるのはとても大切なことです**と育児相談サイトにも書かれている。上の娘のときはトンちゃんだったらしい。お腹をトントンと叩く、そのリズムからとった。最初の妊娠のときよりお腹まわりに贅肉がついたから、ふたりめはポンちゃんにしたの。告白に挿入された自虐が冗談なのか迷った。

「でも、いま思うと、消えるときの音だね」と、妻はつづけた。

その言葉にかぶせるように、僕は、ははっと笑った。贅肉のくだりについての遅れた反応だったけれど、短い笑いにそんな注釈はつけられない。妻は娘に似た目でこちらを見るばかりだった。僕は台所に立ち、ポットのお湯を使ってほうじ茶をいれた。

「わたしがつぶやいてたのが、残ってたんだろうね。だから最初はびっくりしたし、なんか」

湯気のたつお茶に妻は手をのばしかけ、触れる前に引っ込めた。

「じゃあ、捨てようか、あれ」と僕は言った。

「どうして?」

「どうしてって、無理してつきあうことないだろ」

「それでまた忘れられるの?」

僕が口を開く前に妻はとつぜん立ち上がり、寝室に消えた。娘の泣き声を聞きつけたらしく、そのまま戻ってこなかった。お茶を流しに棄てると湯気がシンクに広がった。

それからというもの、廊下を通るたびポンちゃんがなにか訴えてくるようだった。妻は最初からずっとこんな気持ちだったのだろう。捨ててしまえと思うのに、娘にまたどうしてと問われるのは明白で、流産を説明するわけにもいかないので実行に踏み切れなかった。名前の出処を知る前ならそれもできたのにと考えたりもした。ツリーの轍を踏むのも不本意で、妻が捨ててくれたら万事解決なのにと声には出さずに訴えた。

以心伝心が機能しなかったのはあきらかで、妻はポンちゃんに服を着せはじめた。色鉛筆を出してきて、娘といっしょに胴体部分を塗っていた。でたらめな服を着て廊下に佇むポンちゃんは、いまにも「どう?」と聞いてきそうだった。

見えないお友達と話している? あなたに見えないだけでは?

色鉛筆のつぎはシールを貼るようになった。目にお星様、鼻にたんぽぽのシール。頭にバラの花とネズミのキャラクター、腕にヒヨコ、歯ブラシ、じょうろ、胸に犬、ケーキ、虫歯、お腹にチューリップ、門松、足には牛乳瓶、車におばけ。三日月形の口だけは覆われることなく、雑な線なのに、もう口にしか見えなかった。

四月の終わりにはポンちゃんの背後に草原が現れた。ファクス用のロール紙に水彩絵具で描かれた景色だった。仕事から帰ってシャワーを浴びた僕を娘は廊下に引っ張っていき、そこに座るよう命じて、両手を本の形に開いた。

「あるところに、ポンちゃんはー、やまにすんでます！」

げらげらと娘は笑った。

翌日には雲が足された。風船が浮かび、太陽と満月が距離をとって共存していた。

ポンちゃんはカゴをもって　おかいものにいきます
かうのは　ソフトクリームをたくさん！

おともだちにもあげなくちゃいけないから　たくさんいれます
とけちゃうよ、という僕の指摘に娘は「だいじょーぶ」と断言した。たべるまでとけないですー。

草原の隣に海ができた。上空に飛ぶ楕円はヘリコプターで、細身の樹はツリーの再現だろう。うさぎとゾウとワニ。草原の向こうになだらかな山。三十六色の色鉛筆の花。日々なにかしら変化していく。そうして余白がなくなると、妻がロール紙を貼り付けスペースを拡げた。

見えないお友達と話している？　あなたにだけ見えないのでは？

玄関から五メートルほどの直線の廊下は右手に二つ、左手に三つのドアがあり、玄関の真正面は行き止まりの壁。ポンちゃんの背景はその行き止まりから始まって右側にはみだし、客間のドアの手前まで広がっていた。

休日に掃除機をかけるためポンちゃんを海の前に移すと娘に叱られた。ポンちゃんおよげないんだよ。知らなかった、ごめんごめん。謝る僕に娘は妻そっくりの顔つきで、おぼれたらどうするの、と詰問してきた。

「じゃあ、ポンちゃんも泳ぎを練習しようか」

娘は断固たる態度で拒んだ。

「ポンちゃんおぼれるって！」

「だから練習するんだよ」

「おかあさんがおむかえにくるからいいの！」

聞いて僕は思い出した。

「羽のお母さんだ」

娘は呆れ顔になった。

「ちーがう。ポンちゃんのおかあさんをたすけてあげたらおむかえくるの！」

「あれ？　羽のお母さんに羽を預けてるんじゃなかった？」

「はねにおかあさんなんていません」

「だって、前にそう言っただろう」

「いってない」

「言ったじゃん、それでまた飛べるって」

「パパでしょう、いったの、どうしてちゃんとしないの？」

娘の言葉が一晩経っても頭から抜けてくれず、会社に向かうあいだも延々僕は考えていた。子どもの発言を真に受けてもこちらが滑稽なだけだ。わかっているのに、妻に似た表情で叱る娘がちらついた。その朝は都会に不慣れな人物みたいに、何度も人にぶつかった。スーツ姿の男性に謝りながら横へずれると、今度は若い女性にぶつかった。「すみません」とつぶやく僕に、派手な服を着た女性は「どうぞ」と手を差し出してきた。え、と思って見ると、その手にティッシュが握られていた。

ワンピースにリボンやワッペン、エンブレムをところせましと飾りつけたその女性を、僕は知っていた。

駅ビルの改修前にも何度か見かけ、妻ともその子について話したことがあった。久しぶりに見た彼女が、僕には、ポンちゃんに見えた。

帰り道にもティッシュ配りの少女を探しながら歩いた。終電間近だったので、目当ての子はおろか、ティッシュを配る人すらいなかった。

真夜中過ぎに帰宅すると玄関の前に紐で括られた古雑誌が置かれていた。捨てると約束しながら、ずっと放置していたものだった。鍵を開ける前に僕はエレベーターに引き返し、ゴミ捨て場から共用の台車を持ってきて古雑誌を運んだ。

くたくたになって部屋に戻り、靴を脱ぎながら玄関の明かりをつけると、廊下に次の変化を見つけた。ポンちゃんの頭上に写真のコラージュができていた。いま捨ててきた雑誌から妻と娘で切り貼りしたものだろう。ふたりとも眠っているようなので、静かに廊下を進み、ポンちゃんの前に僕は座った。漫画の吹き出しみたいな形に貼られた写真たちはポンちゃんの見る夢を表現しているようで、僕はティッシュ配りの少女を思い出した。どうして妻は、こんなことをやっているんだろう。腰を浮かせ、指先を壁にあて、写真たちを丁寧に見ていった。澄まし顔の女性はファッション誌からだろう。底抜けの笑顔を見せる男性は何を笑ってるんだろう。アンティークの椅子の写真は、たしか妻が欲しがっていたものだ。ぜんぶに、意味があるんだろうか。靴、ワンピース、苺、灯台、二段ベッド、レース生地、蝶、カトラリー、地図。大人の男と女、そのあいだにちいさな女の子がひとり写っていた。青空の写真を上に重ねて貼られ、大人は上半身を、女の子も顔を隠されてしまっているけれど、家族写真のようだった。

僕はポンちゃんを見た。それからもう一度、コラージュのなかの家族を見た。着ている服に、見覚えがある気がした。僕たちなんだろうか。

リビングに移ってパソコンを立ちあげ、クラウドに保存したデータを確かめていった。写真管理は僕の役割で、年ごとにフォルダをわけて整理している。今年のぶんはまだ作っていなかったので、前年のフォルダを開いた。三人で写っているものはなく、つづけて二年前のフォルダを開いた。そこには第二子のエコー写真も残っていた。妊娠初期のもので、モノクロの写真のどこに子どもがいるのか、いくら教えられても僕には見えなかった。写真のファイル名は、ponchan.jpgだった。ポンちゃん。写真管理は僕の役割だ。入力したのは、僕のはずだ。

僕の手はマウスを何度もつかんでは離し、そんなことを一〇〇回も繰り返したあとで、誰かの手を握りたいのだと気づいた。誰の手もないので両手を握り合わせた。祈るようなポーズのまま、モニターから目を離せずにいた。握り合わせると人の指は骨と骨のあいだにちょうど収まるということを、くりかえし、考えた。どうして？　どうしてそんなこと考えてるの？　自問するそばからまた考えていた。握り合わせると人の指は骨と骨のあいだにちょうど収まる。

ずいぶん長いあいだ、そうしていた。

廊下の足音で我に返った。

ポンちゃんだ。

そう思ってすぐに訂正した。

妻だ。

僕は咄嗟に両手で目を覆った。指先が濡れた。ドアの開く音が聞こえた。通常よりずっと長く息を吸った。それ以上に長く吐いた。途中、僕の喉が小さく痙攣したほかはなにも起きなかった。それでも待った。なにも起きなかった。指先も乾いていった。我慢できず両手を剝がすと、ドアのところに立つ妻も、両手で目を隠していた。

「知ってた」

僕が言うと、妻は唇を嚙みながら顎を引いた。

椅子を離れ、妻の手をとった。彼女の目がモニターに向けられ、僕はもう一度、自分に目隠しした。

夜のうちに、ふたりで廊下の景色を剝がした。

娘が目を覚ましてしまわないか不安だったけれど、そんな展開にはならなかった。

たたんだロール紙は、保育園での制作物をまとめた段ボール箱に収めた。

まっさらに戻った廊下に立って壁を眺めていると、穴埋め問題の空欄を前にした気分だった。

「そういえば、明日パパと遊びに行く約束したって、寝る前に言ってたよ」

「ほんと？」

「やっぱり、してなかった？」

「いや、明日、って言ったんだと思って」

うん、と答える妻の手にポンちゃんがいた。

「また〝どうしてパレード〟来るね」

「大丈夫」と僕は言った。

「どうして？」

言ってから妻は照れたように笑った。

娘になにを話すかはまだわからなかったけれど、目を逸らすためじゃなく、向き合うためのお話を語る、それだけは決めていた。

ポンちゃんも段ボール箱の中に寝かせ、妻は唇をもぞもぞさせた。僕らはリビングで過ごした。

夜が明けるすこし前、寝室のドアが開く音が聞こえた。

廊下を進んでくる足音は一度途切れ、すぐにまた近づいてきた。

また叱られるのはわかっているのに、その音だけでも僕は幸せで、それがどうしてなのか、うまく説明できなかった。

みせない

羽田圭介

コラム――村上春樹、そして私

カタチ

羽田圭介

はだ・けいすけ　一九八五年、東京都生まれ。小説家。二〇〇三年、「黒冷水」で第四十回文藝賞を受賞。著書に『走ル』、『隠し事』(以上、河出書房新社)、『御不浄バトル』(集英社)、『「ワタクシハ」』(講談社)、『盗まれた顔』(幻冬舎)などがある。

村上春樹氏の著作本は長い間、中古でしか買ったことがなかった。売れすぎて大量に中古市場へ出回るから古本屋とかで百円で売られていて、小遣いが二〜三千円だった中学・高校時代にはありがたかった。そして今さらながら、図書館で借りるのではなく、中古本ながらも買って自分の所有物にしてきたのだということに気づかされる。読者も他作家も、村上春樹氏により創作された象徴としての本のまわりをぐるぐるまわらざるをえないのかもしれない。それっぽいことを言ってみたけど本当のことはよくわからない。でも、それっぽさを抜きにしては成り立たなくなってしまうものや、それっぽさがすべてであるものは実に多い。だから、それっぽさというのは案外馬鹿にできない。それについて、今後とも真面目に考えていこうと思う。

みせない

年賀状を右手に持ったマルヤマ・ユウダイがエレベーターで一階へと下りると、ドアの前に男がいた。

「こんばんは」

会釈をしながら口にするものの、三十代後半とおぼしき住人から挨拶は返されなかった。

「あけましておめでとうございます」

閉まり始めたドアの向こうに立つ男に向かい、マルヤマは衝動的に、それも大きな声で言ってしまった。共同玄関に声が響いた。閉まったドアの窓部分にうつる男は斜め下を向いたままで、やがてエレベーターは上昇していった。

ダウンジャケットを着ていた男はこの分譲マンション八階の住人であり、平日はスーツ着用で出勤している。他には、マンション規約に反し衛星アンテナをベランダの手摺りに取り付けているということくらいしかマルヤマは知らない。賃貸住人ならともかく、新築分譲で買いそれなりに長く住むはずの住人がとる行動として、挨拶をしないというのは理解に苦しむ。少なくとも壮年の男は、自分が危険な人間ではないということを周囲にアピールするため他人に対して挨拶をする必要性があるだろう。

玄関を出たマルヤマは高架線路に面した道をウォームアップのペースで走り出す。駅近くの場所であるにもかかわらず、人通りは少なかった。ウィンドブレーカーが擦れる音を聞き始めて間もなく郵便ポストへとたどりつき、四枚まとめて投函すると、再び走り出しさきほどまでより速度を上げた。

線路から離れるように南側へと進んでゆくと、午後九時頃というそれほど夜も深くない時間帯であるが車通りはほとんどなく、車道の真ん中を走っていても大丈夫そうなほどであった。

今朝実家のテレビで見てきた箱根駅伝中継の様相がマルヤマの脳裏に蘇る。結局のところ、自分はテレビに映っていた大学生選手たちの姿に感化されこうして走っているだけなのではないか。年末年始でなまった身体に鞭を入れるためというより、そちらの理由のほうが大きいような気がマルヤマにはしてきた。見たものに影響されやすいという点では、三十四歳になった今でも十代の頃とほとんど変わっていないのかもしれない。走るのは、膝に不調をきたしていた先月中旬以来であるから半月ぶりであった。

カメラマンという職業柄、四肢の関節は大切にしていた。いい写真を撮るためには、フレームの中で上手い具合に対象物が配置されるよう、撮り手の側が動く必要がある。あちこちを歩き回ったり、背伸びしたり、屈んだりという動作を意志のままに行うためには、身体にかかるストレスをなくしておかなければならなかった。身体が自由に動く若いうちにしか撮れない写真というのを、まだ今のうちに撮っておきたいという思いがマルヤマの中にはあった。

高低差数十メートルほどの坂を下ると、競馬場の外周へとつきあたる。

門と塀沿いの道を時計回りに走っていると、逆回りに走ってくるジャージ姿の青年を視認した。数メートル離れたところから聞こえてくる、コントロールされた呼吸のリズムに安心する。自分と同じくエクササイズ目的で走っている者に過ぎず、何かから逃亡したり襲いかかってこようとしたりしている人間ではない。擦れ違う際、マルヤマはフォームを必要以上に正し、自分もエクササイズ目的のジョガーである事を示した。

時計回りに走るマルヤマの右側に在り続ける競馬場は無音で、中を一望することはできない。年が明け、次にいつこの競馬場でレースが開催されるのかもマルヤマは知らない。有名なレースの前日には、三カ所ある門のそれぞれに席取り組がシートや新聞紙を敷いて並んで座っていることもあった。年中通っているコースであるためそんなことは把握しているものの、一丁目一番地に位置するこの競馬場の中でどんなことが行われているのかは、わからない。競馬の賭け自体に興味のないマルヤマにとっては不可視であった。

大量に酸素を摂取しながらのリズム運動は、年末年始になまった身体を覚醒させた。電車と徒歩で一時間強かかる都内の別の街に位置する実家で過ごした二日間での過多な飲食が、一歩踏み出すごとに帳消しにされてゆくように感じられる。

競馬場の外周を二周する途中で脚の筋肉が疲れ始め、マルヤマは半月のブランクを自覚させられた。少なくとも、馬たちが走る一レースぶんの距離より長く走っている。走るだけでなく、そのうえ自分は写真を撮ることもできる。マルヤマは塀の向こう側に今いるのかどうかもわからない馬たちに対し、勝ったと思った。

ウィンドブレーカーのジッパーを半分開きすっかり汗だくになった姿でマンションへと帰り着くと、数時間ぶりに郵便受けをチェックした。年賀状が数枚届いており、数えてみると四枚あった。その場で差出人を確認しかけたところで、自動ドアが開き誰かが入ってくる足音が聞こえた。体重の軽い女性の、ヒール特有の硬質な音だ。

「こんばんは」

顔を向けながらマルヤマが挨拶すると、ファー付きの白いコートを着た女性が会釈を返してきた。

「こんばんは」

少しかすれ気味の声、そして近づいてくる姿に、マルヤマは噂を思い出した。この駅前マンションには有名女性歌手の両親が住んでおり、娘である女性歌手が時折顔を見せに来る。噂の記憶がなければわからなかったであろうが、目の前にいる人は、その女性歌手当人に違いなかった。

失礼のないよう視線を逸らしたマルヤマの横を、郵便受けのチェックもせずに女性歌手は通り過ぎる。そのままエレベーターの前で立ち止まりボタンを押してすぐエレベーターは下りてきて、マルヤマも会釈をして一緒に乗り込み十一階のボタンを押した。他には、最上階である十五階のボタンも点灯していた。

上昇を始めた狭いエレベーターの中、自分の背後に、有名女性歌手が立っている。マルヤマはその偶然性に驚いた。汗だくで息も荒い状態でいる目の前の男の後ろ姿を見て、かつて一度だけ一緒に仕事をした相手だということを思い出せるわけもないであろう。

「おやすみなさい」

そう口にして十一階で降りたマルヤマは、汗で湿った年賀状を手に自室へと戻った。

起きて着替えたあと、返事を書いていない年賀状四枚と年賀はがき十一枚、それとボールペンを持ち外に出た。

正月三日目の外気は寒く、長袖Tシャツに中綿ブルゾンを羽織っただけでは失敗だったかといったん戻りかけたが、ちょうどエレベーターが到着したためマルヤマはそのまま一階へ下りた。

ロビーの郵便受けをチェックすると、年賀状が届いていた。二枚であった。

正面玄関から外に出て、マンションの壁沿いに数メートル歩くと、一階にテナントとして入っているカフェへとたどり着く。カウンターで若い女性店員にモーニングセットを注文し、商品を受け取ると空いている店内のガラス壁に面した席についた。

BLTサンドを早々と食しカフェラテを半分飲んだところで、マルヤマは計六枚の年賀状を手に取り、一枚一枚めくっては眺めていった。仕事関係で二通、家庭をもつ知人たちから三通、マンションを買うときに世話になった不動産会社の担当者から一通。今朝届けられていた不動産会社からのものは除くとして、残る五通に対しては返事を書く必要があった。

それにしても、一月二日の夜から三日の朝にかけて届く年賀状はなんなのだろうとマルヤマは思う。電子メールが普及して久しい時代に、わざわざ五十円ばかり費用のかかる年賀はがきへ新年の挨拶をしたためるという労をかけながら、そのくせ元日に届くようにするという納期意識は希薄という、なんとも不思議な手紙であった。

マルヤマは元日以降に届く年賀状に対する返信しかしないため、届く年賀状はどれも返信として書かれたものではない。あるいは、一年前の正月にマルヤマが返信した年賀状への返信といえるのかもしれない。消印のつかない年賀状の特性からすれば、どちらが先に送ったのかということに関し、各人の記憶以外には判別の拠りどころはないといえた。

昨日届いていたものも含め、年賀状はおおよそ二種類に大別できた。仕事関係のものと、パートナーや子供の写真が載せられた知人からのもの。どちらも共通しているのは、写真や組織によるテンプレートフォーマットが印刷されていたり、絵柄のついた特殊な年賀はがきが最初から用いられていたりと、どれも白地の部分がほとんど残っていないということであった。手書きで一筆記すスペースもなくしたいかのごとく余白は削られており、実際に仕事関係のものでは一筆すらないものも多かった。

今手もとにあるうち大手出版社雑誌部署からの一枚も、手書きの文字は一文字も見あたらない。裏面の下方にはメールアドレスが記されており、そのメールアドレス宛に電子メールを送ったこともあるとマルヤマは記憶している。つまり互いにメールアドレスを知っている関係にあるにもかかわらず、先方は、手書き文字皆無で百パーセント印刷による年賀状を仕事相手であるカメラマンの自宅へ送るという行為を選択したことになる。

年賀状に印刷されてあるメールアドレス宛に、テキストデータのみによる返信を送ったほうが確実に早いし、金もかからないに等しい。それをやってみる場合、文面はどうするべきかとマルヤマは思った。印刷による視覚的ごまかし、それ以前に年賀はがきというフォーマットの効力を借りることができない場合、挨拶の文面といえどもテキストのみで構成される内容には思慮することを求められる。昨年末に起こったちょっとした面白い話や、実現しなさそうな仕事の約束等を書かねばならないのだろう。なにより、電子メールを送った日時が相手にはっきりと知られてしまう。中身のある、早く届く電子メールより、形式だけで中身のない、いつ送られいつ届けられるのかも不明な年賀状のほうがやはり適しているのだとマルヤマは思い至った。

買っておいた年賀はがきの裏面にはなにも印刷されておらず、相手の住所等もすべてボールペンの手書きで記入してゆく。真っ白な裏面になにを記すべきか、マルヤマははじめの一枚目で迷った。二歳になった子供の写真の印刷された裏面の余白に「ちゃんとやってるか？」の一文のみ手書きで記された大学時代の友人からの年賀状に対し、手書きのみでどう返すか。

〈あけましておめでとう。長男、そっくりだな！〉

しばらく考えて書き記された文章はそれだった。ほとんど中身がない文面にもかかわらず、真っ白なはがきの中央に縦書きされた文章は、なぜだか様になっていた。もっとつけ足そうとしていたマルヤマであったが、象徴としての年賀状にはこれでじゅうぶんだと判断し、同じような要領で他の年賀状にも中身のない手書き文章をしたためていった。すると、形式に形式をもって返すという行為に、自分が社会とコミットメントしているという安心感を覚えた。フリーランスで働くマルヤマにとっては、たったそれだけのことが快楽にも感じられた。

三枚目の返信を書いている途中で、店へ入ってきた新たな客のほうへ自然と目が向いた。有名なアウトドアメーカーのロゴが縫われたライトブルーの薄手ダウンジャケットに下は黒レギンスという後ろ姿を視認しただけで、あの有名女性歌手だとマルヤマには認識できた。

注文のため女性歌手がカウンターに向かい横顔がのぞけたとき、マルヤマの推測は確信に変わった。ハンドバッグの類は持っておらず、ピンク色の長財布を手にしているだけの軽装である。両親の住む築三年のマンションへと帰省中で、今日もすぐ帰るわけではないのだろうか。自分より一つ年上の、かつて紅白歌合戦にも何度か出場していた彼女が東京郊外まで私鉄に乗りやって来たとも考えにくい。乗ってきたであろう高級車がこの付近の駐車場に停められているのかもしれない。

しばらく年賀状の文面執筆にとりかかっていたマルヤマがさりげなく再び視線を向けると、奥の席に女性歌手は座っており、二人用テーブルの上にモーニングセットらしきものが置かれているのが視認できた。女性歌手は店の出入り口、ちょうど目線の延長線上にマルヤマの席が位置するほうを向くように座っているが、手元でいじっている携帯電話らしきなにかにかかりっきりでマルヤマからの視線には気づいていない様子である。そして、数少ない他の客たちや、至近距離で対面し注文の声を聞いたはずの若い女性店員といい、誰一人として有名女性歌手へ意識を向けている者はいないように見受けられた。

決して、有名人が多く行き交い、それに対し近隣住民たちも上手に無視できる、というような洗練された街ではない。あの若い女性店員にしても、目の前に立つ客が女性歌手に似ていると一瞬くらいは思ったかもしれないが、まさかここのような東京郊外に有名人が来るはずがないと反射的に判断したのかもしれない。あるいはただ単に、まったく気づいていないというだけのことなのだろうか。

それも無理ないかもしれない。マルヤマはそう思いながらガラス壁の外へ目を向け、いくらか冷めたカフェラテを口にふくんだ。メディアへ出回る女性歌手の顔写真は、そのどれもがすべて彼女専用の黄金比率フォーマットで修整されている。

三年前、エンターテイメント雑誌のインタビューページ用にマルヤマが撮った写真にも、大きな修整が加えられた。送られてきた修整画像をパソコンの画面上でチェックした際は違和感も少なかったが、印刷された雑誌の誌面で目にしたとき、自分が撮影したのとは別の人物が写っているのかと錯覚しかけたほどであった。赤みの目立っていた肌荒れは白くなめされ、目は大きく拡大され、全体的に輪郭やパーツの配置が本人とは異なっていた。それらはわずかな差異でしかなく、修整を明確に指摘することはできないものの、本人を対面で目視した人間として脳が真贋を見分けようとしているとしかいえなかった。わずかな修整の集積が、別人の顔をつくりあげていた。

自分が撮ったオリジナル写真は必要だったのか、とさえマルヤマは思う。所属事務所により指定された専用の黄金比率フォーマットであそこまで修整してしまうのであれば、女性歌手と少し似た程度の別人の顔写真をベースに用いても変わらないような気がした。もはや本人写真などとっくに不要とされたうえで、象徴としての本人写真を撮らされただけなのではないか。

マルヤマは店内奥へ再び目線を向けるが、女性歌手は手元のなにかをいじっているままで、そんな彼女に対し目線を向けている客はあいかわらず自分以外に誰もいなかった。修正前の本人写真よりさらにオリジナルな本人を間近にして誰も気づいていない。女性歌手当人も必要以上に周囲からの視線を警戒するでもなく、つまりは、気づかれないということにも慣れている様子であった。三年前のスタジオでの写真撮影時とはまた違う素の顔をのぞけていることにマルヤマはほのかな優位性を覚えた。

五枚の年賀状を書き終えたマルヤマはマンション一階のカフェをあとにすると、最寄りの郵便ポストへと向かいかけ足を止めた。別の建物に阻まれ目視はできないが、距離にして二百メートルほどの近距離にそれはある。しかし今でなくともいいだろうと、年賀状を投函するのを保留し自宅へと戻った。

録り溜めた年末年始の番組をいくつか見たマルヤマは、私鉄に乗り都心へと向かった。学生時代の友人たちと集まるのは午後六時を予定しており、午後三時過ぎという現在時刻はだいぶ早かった。正月のセールで何か買い物でもしたいというわけでもなかったが、正月にしか見られない街の光景を目にし、空気を体感したかった。

自宅マンションから駅までのわずかな距離、私鉄の駅と車内までは人気もまばらであるにもかかわらず、商業施設の並ぶ都心だけは買い物目当ての人々であふれている。人気が極端に集中しているという異様さが、最終戦争後の荒廃した世界を思わせる。知っているはずの街がまったく別の街に感じられるその感覚が、マルヤマにとって毎年の醍醐味であった。

セールとはあまり縁のないレコードショップに立ち寄ったマルヤマは、邦楽フロアのポップスコーナーへ足を向ける。有名女性歌手のCDがシングルとアルバム含め二十枚近く並べられており、その過半数は十年ほど前までに物凄い勢いでリリースされたものだった。新譜を出すペース、そして大衆からの人気も今は全盛期に及ばないことが棚を見るだけでも一目でわかる。しかしCDをリリースし続けるというのを基準にすれば職業寿命が四年ともいわれるポップス歌手の世界で十数年も生き残っていられるのは、職業人としてじゅうぶん恵まれた境遇にいるということは揺るぎなかった。

棚に並べられたジャケット背部分のタイトルへ目を這わせてゆき、マルヤマは覚えのあるタイトルのアルバムを手に取る。ジャケットの写真にも間違いなく見覚えがあった。マルヤマが撮った写真ではないが、三年前のインタビュー時に先方がプロモーションしていたアルバムである。

ジャケット表面に写されている大きな顔写真を凝視しているうち、マルヤマにはこの写真も実は自分が撮ったものなのではないかという気がしてきた。もちろん実際にそんなことはなく、このジャケットが完成した後にマルヤマはエンターテイメント雑誌のインタビューに同行し女性歌手と初対面したのだ。

修整の黄金比率フォーマット。ひょっとしたら写真に加えられた修整だけでなく、見る側である自分のほうでも、見たいようにしか見ないという無意識的な脳内修整を不断に施しているのかもしれなかった。

すぐ近くにある小型の液晶モニターからはさきほどから女性アイドルグループの新譜プロモーション映像が流れており、高さ二メートルほどもある特大のポップも置かれていた。有名プロデューサーによりプロデュースされたアイドルたちの一人一人の顔をよく見ると、アイドルにしては悪い意味で〝非常に個性的〟なものが多い。同じ衣装、楽曲、メディアへの露出方法、頭数等、プロデューサーの用意したフォーマットに娘たちをあてはめている構図がありありと感じられた。

人気者が、プロデュース、されている。人気は「生まれつき」であるのが良しとされ、人為的に

「作られた」という跡を消すのが大事だった有名女性歌手の時代までとは明らかになにかが変わってきている。「作られた」形跡を消さないと本物の人気者にはなれないはずだったのに、むしろ今では「作られた」感こそが受け入れられるとはいったいどういうことなのか。たった十年ばかりで起こった変化の理由をレコード店内で模索してみても、マルヤマにはつかめなかった。

特大ポップの中の各人の顔はどれも個性的であるのにもかかわらず、まとめて見ると、全員同じ顔に見える。そして不思議と、年齢も服装もメークも大きく異なる有名女性歌手とも同じ顔に見えてくるのであった。

飲み会からの帰り道、終電から一本前の私鉄車内の混み具合と全体的にアルコール臭い客層がおりなす雰囲気は最悪だ。暖房の過剰に効いた車内から半時間ほど乗車の末ようやく解放されたマルヤマは、降車駅の寒いホームにおいて、顔全体で波打つ血管の脈動を感じた。毛細血管が開かれ身体の表面に熱が集中し、かわりに中心部分が熱を失う独特の感覚。つまり、酔っている。自分も、つい今し方乗っていた電車内で内心忌み嫌っていた乗客たちの一部にすぎなかったということだ。心拍数は高く、心臓の脈動にあわせ右後頭部の上方がずきずきと痛む。荒い鼻呼吸の音が獣じみていて、まるで中年だと他人事のように思いかけ、あと数年もすれば完全に中年の仲間入りということにまで思い至る。私鉄沿線とはいえ特急電車が停まる駅の構内、それなりに人もいる場所で鼻息荒くできてしまう神経はそれだけでもう立派な中年だろうと、マルヤマは諦め気味に内心自嘲する。それが表情にまで発露してしまっていたのか、すぐ近くにいた二十歳前後のカップルが揃って視線を向けてきた後、お互いの顔を見合って無声で笑った。

マンションまでたどりついたマルヤマはロビーで郵便受けをチェックし、届いていた一枚の年賀状を読みながらエレベーターで十一階へと上がる。もう五年以上仕事をしていない雑誌編集者からのものが正月三日目の午後に届いた。義理堅いのか、ずぼらなのか、よくわからなかった。

自室へ帰り、午前零時過ぎという時間帯からして生活音には気をつけながらトイレへ行き、手洗いうがいも済ませリビングのカウチソファーへと横たわる。心室からの血流の勢いが頭にそのまま伝わっているような不快さがある。実際には、寝姿勢で首が圧迫され呼吸が浅くなり、そのため心拍数が増えたというだけだろう。経験的にただ一つたしかなのは、いくら身体が疲れていても、頭が重いようなこの状態では眠りにつくのにも時間がかかるということだった。シャワーを浴びようとしていたマルヤマはソファーから起きあがると台所で水を飲み、トレーニングウェアへと着替えた。

ダメだったらすぐに帰るという心づもりでマンションの正面玄関から外へ出て、シャッターの閉じられた一階カフェの前を通りゆっくりとしたペースで走り出す。頭痛がひどくなるわけでも、吐き気がこみ上げてくる気配もなく、大丈夫そうであった。ストライドは短めに、ピッチは普段と同じというペースで走る。正月の深夜、人通りも車通りもほとんどなかった。

走り慣れたコース中にあるゆるい下り坂へさしかかるとき、マルヤマの視線の先には競馬場の正門が見える。あの敷地が競馬場らしく見えるのはせいぜいここから見たときくらいで、坂を下った地点から競馬場を眺めても目に飛び込んでくる情報量が少なくなにもわからない。どこからも競馬場全体を一望することはできず、一丁目一番地の中心になにがあるのかはわからないのであった。

坂を下り正門の前まで来たマルヤマは、普段とは逆の反時計まわりで競馬場の外周を走り始めた。走り出して数分経過している今、皮膚表面近くの毛細血管にばかり行き渡っていた血液が、身体の中心へと戻されてきているのが体感としてわかる。一歩踏み出すごとに、アルコールが代謝され、このあとの深い眠りへと近づけているような充実感があった。

進行方向の左手、脈打つ心臓と近い側に、競馬場は在り続ける。防犯のためか敷地の内外に点在する水銀灯は明るく、それは市とJRAのどちらが設けたものなのかはわからない。いずれにせよ、東京郊外に位置する市の財政が潤っているのはこの競馬場からの税収によるものが大きい。つまりこの街は、外からは不可視な枠の中で走る馬たちによりまわされていた。

しばらく続く高速道路高架沿いのまっすぐな道を進んだあと再び左カーブの道に入って間もなく、マルヤマは進行方向十数メートル先の人のシルエットを目視した。

男だ。それだけは間違いない。身長も平均より少し下で、年齢は二十代後半から五十代半ばか。シルエットだけで認識できる緩慢な動きが酔っぱらいかなにかの類特有のもので、たとえば十代の青年であれば仲間もいない郊外の闇で一人ふらつくなどということはないはずだし、初老以上の人間がふらつくにしては真冬の深夜は寒すぎる。そういう文脈を瞬時に読みとりつつ男へと近づいていったマルヤマは、自分の読みが当たっていたことを知る一方、わからないことがそれ以上に増えいささか緊張した。

目深にかぶったニット帽に、ぶかぶかのスタジアムジャンパー、それと手に持っている空き瓶らしきもの。避けて通ろうにも車道を挟んで反対側、競馬場の塀沿いに歩道のないエリアで、車道を走ればブラインドカーブから飛び出してきた車にひかれる可能性もある。男のすぐ側を通り過ぎるほかなかった。

一カ所に立ち止まり、身体は競馬場のほうへ向け、顔だけ下へ向けたり、近づくマルヤマへ向けたりしてくる。明らかに普通ではない。スタジアムジャンパーで覆われた身体が筋肉質なのか太っているのかもわからず、ひょっとしたらポケットに突っ込んでいる右手にはナイフでも握っているかもしれない。飲み口が下を向いて液体のこぼれてこない空き瓶を握っている理由は、ゴミを持ち帰るというマナーによるものなのか、それとも凶器として利用するつもりなのか。マルヤマは、体格的に自分より明らかに劣るという男相手に最大限警戒する。わからない、という最大の強みが向こうにはあった。

相手に少しでもおかしな動きがあれば、この均衡状態を直ちに崩す。

そう決意し威嚇するように口呼吸の音をあらげたマルヤマだったが、目線を絡めてくる男のすぐ横を通る際、特になにをされるということもなかった。走ってくる音でもないかとしばらくは耳をすませていたが、数秒経ってもその気配はなく、そこでようやく後ろを振り向くと男と目があった。

警戒している目。それはマルヤマが近づいていたときには見てとれなかった目であった。

前を向きしばらく行くと、水銀灯で明るく照らされている三叉路へとさしかかる。そこに路上駐車してあるセダンのサイドウィンドウに、白い光で照らされた自分の顔が反射して映り、マルヤマは一瞬足を止めかけた。赤ら顔の、危ない酔っぱらいそのものであった。そのうえその酔っぱらいは、年始の深夜に一人で黙々と走っているのだ。そんな不可解な男と狭い夜道で擦れ違ったら、誰でも警戒するだろうと思った。

●

目覚まし時計のアラームで目を覚ましたマルヤマは、二度寝したい衝動にしたがいかけ、それでも強烈な尿意に負けベッドから起きあがる。

寝室を出てトイレの便座に座っての小水は、数十秒も続いた。出したぶんの水を飲もうと台所でがんばってみたものの目標の三分の二ほどで断念し、リビングのカーテンを開けると朝日が部屋へと差し込んだ。掛け時計の針は午前八時四十五分を示している。ソファー前のローテーブルに置いていた携帯電話の表示を確認すると、一月四日の午前八時四十三分であった。仕事へと向かう身支度のため、この時間には起きていなければならなかった。かといって食欲はあまりなく、正月のテレビ番組も見たくないマルヤマにはとれる行動の選択肢はおのずと限られてくる。ダイニングテーブルに置いたままのノートパソコンの電源をオンにし、メールチェックを行った。

老舗出版社の若手雑誌編集者、それと直の面識はないが大手出版社のオンライン事業部の編集者から新年の挨拶を告げる電子メールが届けられていた。家から会社のメールアカウントを利用して送ったのか、出社して送ったのかはわからない。新年を迎えての業務開始にともなう挨拶のメールは、元日に数通届いていた年賀メールとも微妙に異なっていた。人々が戻ってきて、また日常がまわりだしたという実感を受け手に与える。

会社勤めをしているわけでもないフリーランスの労働者も、まわりと同調して動く。今日から仕事始めだという会社員の割合も全体からするとまちまちであろう。取材相手のスケジュールの都合上、マルヤマは今日から仕事であった。機材の用意をし、実家から持ってきたおせち料理の残りとご飯を朝食として摂り、着替える。そして家をあとにした。

マンションの正面玄関を出て駅へと向かう途中、徐行速度の白いハマーがマルヤマの右横を通り過ぎた。ナンバーは品川ナンバーだった。正月の東京郊外に似合わぬ高級外車は、有名女性歌手の車である可能性が高い。やがてハマーは右折し、高速道路へも接続できる街道のほうへ向かった。朝に出るとは、仕事始めなのだろう。数年前までは正月の一週間ほどをハワイで過ごすことで有名だった彼女も、もはや昔とは違うということか。駅へ近づくにつれ、通勤するとおぼしき人々の姿が多く目に入るようになった。

乗車率百パーセントちょっとでぎりぎり座れない、という混み具合の最後尾車両の窓辺で、マルヤマは携帯電話に内蔵されているラジオソフトをたちあげる。自分で取り込んだ音楽を聴くこともできるが、FM局へとチャンネルを合わせ、イヤフォンで聴く。女性DJがしゃべっているはずのいつもの平日とは異なり、正月用の特別プログラムとして他の人気男性DJがしゃべっていた。

十代前半で携帯型音楽プレーヤーを手にして以来、好きな曲を聴く、ということを二十年も続けていればどんな曲にも飽きてしまい、ここ一〜二年はIPサイマルラジオばかり聴いていた。DJにより紹介される、特に興味のない新譜を聴いているほうがまだ時間つぶしには適していた。二十代前半頃から新譜を聴くこともほとんどなく、音楽に対してはかなり保守的になっていた。その事実を考えれば動機は違えども、三十代半ばにして自分はまた十代の時のような音楽への開拓精神を抱きだしているのかもしれないとマルヤマは思った。ただ昔と違うのは、自分の意志で曲を選べない、ということからくる新鮮さを渇望している点だ。自分の意志で選ぶ、ということのつまらなさを知ってしまったことが成長なのか、老いなのかは、わからない。

すると、CM明けに覚えのある女性の声が聞こえ、DJによる紹介で、その女性ゲストがあの有名女性歌手であることをマルヤマは知った。つい十分ほど前に見たはずのハマーが脳裏に甦る。

ハマーに乗っていたのは、女性歌手ではなかったのか。それとも、今耳にしている女性歌手の声は、録音されたものなのか。ゲストコーナーだけ別録りということはよくあるらしいが、そのように編集されているのか、いないのか、マルヤマには判別がつかない。

やがて電車が地下へと潜りはじめ、電波が途切れた。通信不能となったラジオソフトが無音状態となり、地下トンネルに反響する轟音が耳へと伝わる。車内と闇を隔てる窓になにかが映ったが、それが自分の顔であることに、マルヤマはしばらく経ってから気づいた。

都心へ出たら、昨日出しそびれた五枚の年賀状を、郵便ポストに投函する。

流れ熊

戌井昭人

コラム――村上春樹、そして私

あたまに浮かんでくる人

戌井昭人

いぬい・あきと　一九七一年、東京都生まれ。小説家。二〇〇八年、「鮒のためいき」(「新潮」二〇〇八年三月号)でデビュー。二〇一四年に「すっぽん心中」で第四十回川端康成文学賞を受賞。著書に『まずいスープ』(新潮社)、『ぴんぞろ』(講談社)、『俳優・亀岡拓次』(フォイル)、『すっぽん心中』(新潮社)などがある。

若いころ、わけもなく悲嘆して、いろいろやる気がなくなったり、無気力になったりして、自分は、ひとりぼっちじゃないかと思っていたときがあった。ずいぶんおセンチな感じだったけれど、けっこう深刻に思っていた。

いま考えれば、若者によくある症状かもしれないが、そのころに村上さんの本を読んで、元気づけられたことが何度かある。「人生は、そうそう、うまくはいかないし、理不尽なことも山ほどあるよ。でも、いずれ素敵な人と出会えるから、勝手に悲嘆しててもしょうがないよ」と思わせてくれた。

その後、実際に、いろいろな人と出会ったり別れたりした。男も女も、友達も恋人も、うまくいったり、いかなかったり。あの人、どうしているだろうか？　と思う人が何人かいる。もう連絡先もわからない人もいるし、わかるけど、このまま連絡を取らないだろうなという人もいる。

だから、いま、村上さんの本を読むと、これまでに出会ってきた人達のことが、よく頭に浮かんでくる。まったく勝手なのだけれども、村上春樹の著作には、ぼくの時間が流れているような気がする。

そして、もうひとつ、そのころも、なんだか、もやもやしていた。まだなにもやっていないのに、このまま終わってしまうのだろうといったあきらめもあった。二十代の終わりころだった。そんなときに、ある雑誌で、村上さんのインタビューを読んで、そこから少し抜け出すことができた。インタビューでは、村上さんが、走ると頭がクリアになるというようなことを語っていた。

すぐさま走ることにした。当時は、ランニングシューズもなかったから、しばらくはコンバースを履いて走っていたけれど、足が痛くなって、ランニングシューズを買った。

いまは、あのころよりガムシャラに走ってはいないけれど、走っているときに、ちらちら頭に浮かんでくるのは、そのきっかけになった、村上さんなのであります。

流れ熊

町を流れる川の橋を渡ったところにあるゴルフ場に、熊が流れ着いたと聞いて、わたしは内心、ほっとしたのだった。

さきほどから町全体がざわざわしているような気がしていた。消防車やパトカーがサイレンを鳴らして走っていたし、道にも人が多くいた。これは熊が近くで出たからだったらしい。

風呂屋の帰り、偶然会ったヤースケに、熊が流れてきたことを教えてもらった。熊は弱っているが、まだ生きていて、地元の警察と猟師が捕らえようとしているらしい。ヤースケは、それを見に行こうとしていたので、わたしも彼についていくことにした。

橋の道路は交通規制されていて、車の列は町のほうまで連なっていた。橋の上には野次馬があふれていて、人々は欄干から川沿いのゴルフ場を覗き込んでいた。「橋の上にこんな人がいるの、花火大会のときみてえだ」とヤースケが言った。

わたしは、流れてきた熊のことを知っていた。いや、知っていたというよりも、あの熊だろうという確信があった。なぜなら前日、わたしはその熊と対面していたからで、河口まで流れてくる原因を作った覚えがあったからだ。

人ごみをかき分けてゴルフ場を見ると、緑の芝生は投光器の光りが照らされていて、消防車やパトカーが入っていた。そして欄干の向こうのほうで身を乗り出して現場を見ているツネさんを発見した。ツネさんは昨日、熊を見に連れて行ってくれた人だった。

先週のなかば、わたしは酒場で、ワラビのおひたしとコシアブラの天婦羅をつまみに熱燗を飲んでいた。来月からは岩牡蠣が出るぞ、と誰かが話しているのが聞こえた。こっちに引っ越して来てから、胃袋でも季節を感じることができるのだった。

この町は、東北地方の日本海側にある港町で、大きな川が海に流れつく河口もある。陸地は平野が続き、日本でも有数の米所で、かつては北前船がさかんに行き来し、当時の米蔵がいまでも残っている。黒く塗られた木造壁の大きな建物が運河沿いに並んでいるのは壮観で、観光地にもなっている。

この酒場も、百年以上前に開業した店であるが、歴史を重んじるような堅苦しさや格式張ったところはまったくなくて、いまも酒飲み庶民のために営業をしている。店内には二メートルくらいのコの字形のカウンターがあって、客同士が対面して酒を飲むことになるので、常に会話が飛び交っている。だからわたしのように独り身には、ありがたい場所なのだった。

カウンターの奥にあるストーブの上には、湯をはったタライが乗っかっていて、中に一升瓶が立っている。これが熱燗の酒になる。冬の時期、あれだけありがたく頂戴していた熱燗なのに、気温が暖かくなってきたら、なんだか甘ったるく感じられ、人間の身体は調子のいいものだと思った。

先月までは「寒い寒い」と震えていたくせに、冷えきった空気を忘れてしまったのか、むずむずとしてきて、無駄に動きまわりたい気分なのだった。もしかしたら冬眠していた動物が動きだすのは、このような感覚かもしれない、と思っていると、隣に座っていたツネさんが、「今日、熊を見たべ」と言い出した。

「大きな熊でよ。四日前から、毎日見てるべ。熊は、おれのことに気づくと立ち上がってさ、こっちに向かって、おいでおいでって具合に手を振るんだ。あれ友達になりてえのかもしれねえな」

ツネさんは舟下りの船頭をしているおっさんで、六十歳を過ぎているのに、肌ツヤが良く、すでに真っ黒に日焼けしている。

「腹が減って、ツネさんのこと食おうとしてるんでねえの」

カウンターの向こう側に座っていたヤースケがコップのビールを飲み干して言った。ヤースケは地元の配管設備の会社で働いている青年で、冬の時期でも、店に入るとモコモコのダウンジャケットを脱ぎ、タンクトップのシャツ一枚になって盛り上がった二の腕の筋肉を見せびらかすように露出させる。酒場にやってきた連中には、「寒くねえのか?」とか「やるきまんまんだべ」と言われるが、その都度、「おれはいつだって夏だからよ」と答える。これがヤースケとの挨拶になっている。

この町に来る前、わたしは東京の電気湯沸器を製造している会社で、営業の仕事をしていた。大学を卒業して十年間勤めていたが、半年前に辞めたのだった。まわりからは、もったいないとか、この先、ろくな働き口はみつからないと言われたが、会社を辞める少し前から、営業で外を歩きまわっていると、ナメクジになって溶けてしまいそうな気分になっていた。意識が遠のき、ビルに埋もれて、自分が消えてしまいそうになった。

そのような気持ちは日に日に増していき、昼時に、デパートの屋上のベンチで、駅で買ってきたシューマイ弁当を食べていたときに、倒れてしまったのだ。

その日、屋上のベンチにも、わたしと同じように、林立するビルに圧迫され、空のひらけた場所を求めてきたような人たちがいた。そしてみんな疲れきった顔をしていた。

しかし屋上から見ても、東京の空は狭苦しかった。騒音と排気ガスがビルの谷間をのぼってきて、上空ではヘリコプターが旋回していた。

弁当をつついていると、近づいてくるヘリコプターの旋回音にふりまわされるような気がしてきた。箸でシューマイをつまむと、身体が、右に左、前に後ろと、揺れだし、ぐるぐるまわっている感じがして、わたしは箸からシューマイを落とし、膝から弁当を落としてしまった。

シューマイが転がり、上に乗っていたグリーンピースが分離して転がっていくのが見えた。わたしは、うなだれたまま、このままではまずいと体勢を変えて、ベンチに横になった。

「ちょっと、ちょっと、ベンチで寝転がらないでください」警備員がすぐにやってきた。しかし落ちている弁当に気づいた警備員は、わたしの異変を察して「だいじょうぶですか？　どうしたんですか？」と訊ねてきた。

わたしは喋れなかった。喉にシューマイがつっかえているようで、息苦しかった。身体から酸素が抜けてしまったような感じがして、動くこともできなかった。ヘリコプターの旋回音も聞こえなくなり、世界は無音になった。青い空は色をなくして灰色に見えてきた。

警備員は救急車を呼んでくれ、わたしは担架で運ばれた。デパートの中を担架で運ばれていると、意識はだんだん戻ってきて、買い物客の人々に覗き込まれ、目が合って、恥ずかしくなってきた。

病院で検査をしてもらったが、はっきりした原因はわからず、心因的なものだと診断された。次の日から会社には通うことができたが、同じ症状が出そうで、気が気でなかった。医者には、とにかく環境を変えた方がいいと言われ、二ヵ月後、わたしは会社を辞めた。

ここにやってきたのは秋のはじめだった。会社を辞めてから、東北地方を旅して、気に入った町があったら、そこに長く滞在しようと思っていた。なぜ東北地方だったのか自分でもよくわからないのだが、漠然と暑いところよりも寒いところが良かった。

そして、日本海側のこの町にたどり着いた。気候や雰囲気が気に入ったし、町には温泉の風呂屋がある。食べ物もおいしい。わたしは一週間、ビジネスホテルに泊まって、地元の不動産屋に紹介してもらい安いアパートを借りた。退職金と貯金で、一年くらいは働かずに過ごせそうだった。

趣味もないわたしは、これまで働くことしかしてこなかった。だからこのようになにもしないで過ごすのは、すべてが新鮮だった。

最初は知らない土地で、戸惑うことも多かったが、身体の調子は良好で、空が広いからなのか、息が詰まるようなことは一度もなかった。かつて、詩人の奥さんが「東京に空がない」と言って精神を弱らせてしまったらしいが、わたしも、彼女と同じような気分だったのかもしれない。

冬になると、経験したことのない寒さがやってきた。さらに、この町は平野のはじまりで、海から山から、とんでもない風が吹いてくる。風というよりも、荒れ狂う凶暴な生き物のようで、恐ろしくもなった。数年前は、走っている電車が吹き飛ばされてしまう事故もあったらしい。

町にはいたるところに風力発電の風車があって、そのまま飛んでいってしまうのではないかというくらいの勢いでまわっている。

地球外から生物がやってきて、この町に降り立てば、強風に驚き、恐ろしい速さで回転する風車に興味を示し、不用意に近づいて粉々になってしまうだろう。風車を見ると、いつもそんなことを想像した。

つらい冬場ではあったが、風呂屋の帰りに酒場に寄るのが楽しみになった。熱燗を飲んで、身体が暖まってくると、「幸せだ」とつくづく感じる。このような幸福感は、いままで味わったことのないものだった。

それまでのわたしには、ひとりで酒を飲むという習慣はなかった。東京で働いていたときは同僚や先輩と仕事帰りに酒場に寄ることもあったが、この酒場で得られる幸福感は、そのときの感覚と、明らかに違っていた。

ただ酒を飲んで、身体が暖まってくるのを実感する。これほど気持ちの良いことはなかった。夏場に、ビールを飲んで美味いと思うことはあったが、寒さの中で飲む酒は、生かされているという実感が湧くのだった。

町にある酒場を何軒か巡り、行きつけの酒場もできた。風呂屋の帰りは、ほぼ毎日そこに通い、心身ともに暖をとらせてもらって、地元の常連と知り合いになった。

春になり、わたしは山菜を食べていた。冬場は毎晩、酒を飲んでいたので、予定より早く金が尽きてしまいそうであった。でも、わたしは、あいかわらず、酒場に通っていた。こちらの風土がそうさせるのか、この半年間で、自分自身がこんなにも暢気な人間なのかと驚いてさえいる。

舟下りの船頭のツネさんは、店に新しい客が入って来ると、「熊を見た」と話しかけている。

「あの熊は友達になりたいんだべ」

舟下りの行われる川は、二十〜五十メートルくらい川幅があり、上流に向かって右側に、並行して国道があって、電車が走っている。左側が山になっていて、人はほとんど立ち入らない。

ツネさんが言うには、舟下りの客を降ろし、乗り場まで遡上していると、山側の方に熊が出没して、「おいでおいで」をするらしい。

「真っ黒な熊でよ、目ん玉、ガラスみたいに光ってんのな、そんで、おれのこと見ると立ち上がって、おいでおいでやるべ」

「はちみつでもお土産持っていってやれば」

ヤースケが言った。

「それいいかもしんねえ」

「野生の熊ってのは、見たことないですよ。ヤースケくんはある？」

わたしが訊くと、

「おれだってねえべ」

こっちの人は、一度くらいは熊を見ているのだとわたしは思っていると、乾物屋の笹目さんが、

「昔はよ、熊が出たら大騒ぎだったけど、まあ最近も大騒ぎだけどな」と言った。

「笹目さんは、見たことあるんですか？」

「尻だけな。山ん中を車で走ってたら、黒い獣の尻があったべ、でもイノシシだったかもしんね。まあ最近は良く出るべ熊」

笹目さんは、ゲソ揚げをわさび醤油につけて食べていた。するとツネさんが、

「でも、やっぱ珍しいもんだ。それも、こっちに向かって、おいでおいでするべ、つまり熊はおれのことを意識してるわけだろ」と言った。

「それ、誰かが餌やったと違いますかね」


酎ハイを飲んでいた山岸さんが、読んでいた新聞を下ろしながら言った。

「人間が餌をやって、それを憶えて、おいでおいで、やってるんじゃないですか？　だから、おいでおいで、というか、くれくれなんじゃないですか。誰かが餌やったですよ、人間見たら、餌くれると思ってるんですよ」

「なら、おれも餌やらなくちゃならねえべ」

「駄目ですよ、そんなことしたら。ただでさえ、山に餌が少なくなって熊が出てきてるんですから、餌なんてやったら、もっと出てきちゃいますよ」

「熊と仲良くできねえもんかね」

「それ熊と人間のエーエンの問題」と笹目さん。

「山岸さんの得意な法律でよ、なんとかできないもんかね」

ツネさんが言う。

「そもそも熊に法律なんて、ありませんからね」

山岸さんは、東京にある大学の法科を出て、現在、川沿いのゴルフ場や、県内にあるゴルフ場の経営コンサルタントをやっている。経営コンサルタントという仕事自体どのようなことをしているのか、よくわからないのだが、自分の学歴を自慢するので、店では少し鬱陶しい存在なのだった。

「でもよ、熊に法律あったら大変だ、畑荒らすわ、人間襲うわで、逮捕しなくちゃならねえだろ、したら刑務所、熊だらけだべ」

ヤースケが言った。

「んでもよ、熊の法律からすれば、人間の方こそ逮捕だべ、山を荒らして、勝手に道作ったりしてんだからよ」

ツネさんが言うと、山岸さんが、「もし熊と人間が裁判することになったら、わたしは人間側の弁護をしますよ」と言った。

「んだったら、おれは、熊側の応援するべ」とツネさん。

「裁判は応援してもどうにもなりませんよ」

「ピッピピッって笛を吹いてよ」

「笛を吹いてもどうにもなりません」

「笛の音に驚いて熊逃げちまうだろ」とヤースケ。

アルコールが酒場の空気を満たして、皆の調子もよくなってきていた。

笹目さんが、ゲソ揚げを食った箸を振り回しながら、

「そういやよ。須田さんの、さくらんぼ畑で、さくらんぼを食い荒らしてた熊が罠にひっかかったべ、んでよ猟友会呼んで、殺してもらったべ。だから裁判しても無駄だ、人間は武器持ってるから」と言った。

「須田さんとこ、去年も、さくらんぼ畑荒らされてなかったってけか？」

ヤースケが言った。

「去年は人間だよ。さくらんぼ泥棒だべ。そんで捕まったよ」

「射殺したか」とツネさん。

「射殺はしてねえ」

「熊も人間も、やってること変わらねえのにな」

皆は、「んだんだ」と妙に納得している。

ヤースケの話によれば、海鮮市場で働いているトミ蔵は、三年前に山菜採りにいって、熊に襲われたことがあるらしく、皆がそのときの話を聞きたいから呼び出せと言い出した。ヤースケが電話をしたが、トミ蔵は不在だった
「また熊に襲われたんじゃねえの」

ツネさんが言った。

笹目さんは、熊の肉を猟友会に入っている知り合いに分けてもらったことがあって、市販のバーベキューソースに漬け込んで焼いて食べたそうである。「美味かったぞ」と言っていて、もしかしたら須田さんのところで殺された熊の肉がまわってくるかもしれないので、分けてもらったら、皆で食お

うということになった。

「熊の肉も食べてみたいけど、やっぱ野生の熊を見てみたいですね」

わたしが言うと、ツネさんが、

「んだったら、おれの舟乗りにくればいいべ」と誘ってくれた。

いかんせん、わたしは暇で、なんの予定もない。そして約束をとりつけ、二日後にツネさんの舟に乗せてもらうことになった。


午前中に家を出て、川沿いを走るローカル電車に乗って、舟の乗り場まで向かった。車窓には平野の田んぼがひろがっている。田植えが終わって、緑の苗が風に吹かれていた。

電車に揺られて一時間くらいで駅に着いた。そこから歩いて舟乗り場まで行くと、濃紺のハッピを着たツネさんがいた。ハッピの背中には川の名前が刺繍してあった。ツネさんは、酒場で見る雰囲気と違って、ピリッとした顔つきになっていた。

これからツネさんが船頭をする舟には団体客が来るらしく、ツネさんと助手の貞男くんは、客に出す蕎麦の準備をしていた。紙のどんぶりやペットボトルに入った汁を舟の中に運びこんでいたので、わたしも手伝った。舟の中はゴザが敷いてあり、客が座るところにお盆が置いてある。

しばらくすると団体客を乗せたバスが駐車場に到着して、人がぞろぞろ降りてきた。男女合わせて、三十人くらいの集団で、ツネさんは拡声器を持ち、「いらっしゃいませぇ。ようこそ、ようこそ」と団体を誘導していた。

なんだか自分だけ部外者が交じっているようで気まずい感じでいると、貞男くんがハッピを渡してくれた。

客が席に着くと、舟のエンジンが掛かった。貞男くんは、舟の後部で舵を取っている。そこは外にあって、立って舟を操縦するようになっていた。

わたしは後ろ端に座った。ツネさんは舟のマイクを握って喋りはじめた。

舟は川の真ん中に向かって動きだす。

「ほんじつは、ごじょうせんありがとうございます。わたくし、せんどうをつとめさせていただきます。ツネともうします。目は、このように細いですが、キツネじゃないです。ツネでございます」

誰も笑わない舟の中では、エンジン音だけが響いていた。

「えー、上をご覧ください、空です。晴天の空です。あれれれ、そういえば、天井がねえぞ、と、皆さん驚いているかもしれません。でも壊れてるわけじゃありません。ケチったわけでもありません。本日は、お天気に、めぐまれましたから舟の天井を開けてるのです。これも皆さまの、日頃のおこないがよろしいから、お天道様が味方についたのでしょう。では、下って行きましょう」

その後も、つまらない冗談を交えながら、ツネさんのガイドは続いた。

川にまつわる歴史を語っていると、山側にある石を指し、「あの石をご覧ください、あの石、なんと松尾芭蕉が座って休憩をしたといわれている石でございます」

石の向こうの雑木林の中には小さなお堂があって、奥の崖では水が湧いているらしい。その水で芭蕉はお茶を飲んで、川を眺めていたという話を、ツネさんは、さも自分が見たように語っていた。

「ところで皆さん、わたくし芭蕉の句を、どのくらい暗記していると思いますでしょうか」

客が「二十」「十五」「三十」と答えていると、ツネさんは得意そうな顔をして、「いえいえ、百でございます」と言い、芭蕉の句をベラベラ、早口言葉みたいに言いだした。それはなかなか終わらず、まさか暗記している百個を全部言うのか、と思ったら、そうだった。しかし俳句というのは早口だとなんの情緒もない。

わたしは、もしかしたら熊が出るかもしれないと、山のほうを眺めていた。

ようやく芭蕉の句を百個言い終えたツネさんは、「これはちょっとギネスものでしょ」と得意げに言った。

「では、みなさん、お腹もすいたでしょうから、蕎麦でも食べてください」

わたしは、客の前に置いてあるお膳に蕎麦だけ入った紙のどんぶりを配った。ツネさんはそこにツユを入れていった。蕎麦はパサパサで、あまりおいしそうではなかった。

蕎麦を配り終えると、ツネさんはふたたびマイクを握り、今度は源義経がこの川にやってきた話をしだした。義経もこの川を下って、この景色を眺めながら、みなさまが食べている蕎麦をすすっていたかもしれないと、これまた自分が見てきたように話していた。

客が蕎麦を食べ終わると、今度はツネさん、「えー、では、今下っているこの川の、舟唄をやってみます。手拍子お願いします」

よーえさのまがしょ　えんや

こらまかーぜ　ええや
ええや　えーや　ええ　えーえや　えーど

舟唄は半分くらい何を言っているのかわからない。けれどもツネさんの唄は上手で、はりつめた高音に、こぶしが小気味好くまわり、川面に響いていった。

この団体客は東京の浅草橋からきた、アパレル会社の社員で、ほとんどの客はツネさんの歌声に感心し、手拍子をしてくれていた。

しかしさきほどから観察していると、後方に座っている、どうにもいけ好かない連中が四人いて、彼等は、ツネさんの歌を聴きながら、馬鹿にするように笑っているのだった。「ひでえなまりだな」、「昨日宴会で飲み過ぎたから、その声、頭に響くよ」などと言っている。彼等は、他の社員と比べれば格好も雰囲気もあか抜けている。特に、その中のリーダーっぽい男は、白いシャツにピンクのカーディガンで、黒縁の眼鏡をかけ、奇麗に髭を生えそろえ、なんだか場違いな感じだし、社員旅行で、こんな気取ってどうするのだろうという格好である。彼等は皆と違うといった自意識で、あえてこの場に馴染もうとしないようにしているらしいが、わたしは中学や高校の頃、修学旅行に行くと必ずいる連中を思い出した。

「もう歌はいいから、早く、帰ろうぜ、舟そこらへんに着けてくれないかな」

ピンクのカーディガンが言うと、まわりの仲間連中も頷いている。良い歳こいて不良ぶってどうするのだといった感じだし、こっちが情けなくなってくる。

けれども、ツネさんはお構いなしで、唄が終わってからも、喋り続けていた。それにしても、よくもまあ、こんなに喋ることがあるものだと感心してしまう。

わたしは舟の外に出て舵を取る貞男くんのとなりに立って山の方を眺めた。

「貞男くんも、熊、見たんですか?」

「はい、ツネさんと舟に乗るとよく出るんですよ。ツネさん、獣にしかわからないニオイとか発しているのかもしれませんね」

船内でガイドをしているツネさんは、またなにか歌いはじめた。もの凄い顔をして声をしぼりだし、踊ってもいる。わたしが凝視していると、貞男くんが、「花笠音頭です」と言った。

一時間くらいの舟下りを終えて、ようやく下船場にやってきた。わたしはハッピも着ているし、客には手伝いの人間だと思われているので、下船する客に、「ありがとうございました」とお辞儀をして見送っていた。すると、あのいけ好かない連中のピンクのカーディガンが、「蕎麦まずかったなぁ」とわたしの横を通り過ぎるとき、わざと聞こえるようにつぶやいた。「はい。とくにまずいのを出しましたから」とわたしは言った。男が振り返って睨んできたので、「ありがとうございます」と言って微笑んだ。

ピンクのカーディガンは、まわりは関係ない風を装って、それをいちいち態度や言葉でしめすけれど、実は意識しすぎていて、あのような生き方は疲れるだろうなと思った。

岸を上がったところの駐車場で、ツネさんが拡声器を持って、「さあ、バスが出ます、急いでください、急いでください」と誘導していた。

帰りの舟も貞男くんが舵をとった。わたしとツネさんは客が乗っていた座敷を片付けた。蕎麦を残している客が多かった。残ったツユや蕎麦をバケツに入れて、お膳を片付け、ペットボトルやティッシュペーパーなど、散らばっているゴミをまとめた。

片付けが終わり、わたしとツネさんは舟の先端に出た。

「ほら、これ食べろ」

ツネさんが、バケツを差し出してきた。中にはさくらんぼがたくさん入っている。

「娘の嫁ぎ先がさくらんぼ農家でな、昨日持って来てくれたの、これは形が悪くて出荷できねえものだけど、おいしいから」

さくらんぼは、少し酸っぱかったが、あとから、じわっと甘みが口の中にひろがった。

山の方を眺めていると、ツネさんは食べたさくらんぼの種を、川に飛ばしていた。

「ほーら、遠くまで飛んだろ。おれ三年前に、さくらんぼの種の飛ばし大会で準優勝したんだべ」

わたしも真似して飛ばしてみたが、風に流され、まったく飛ばなかった。ツネさんは、お腹から息を吹き出すようにして飛ばすんだとレクチャーしてくれた。そのようにやってみたが、やはり飛ばなかった。

舟下りの半分くらいのところまで戻ってくると、ツネさんが、「速度ちょっと落としてくれぇ」と貞男くんに言った。

「ほらほら、あそこだべ!」

ツネさんは上流に向かって左側の山の方を指した。そこは急な斜面になっていて草木が生い茂っている。斜面を降りたところは茶色い土が盛り上がった空間になっていて、水面から二メートルくらいの高さがある岸になっていた。

舟のエンジン音が静かになった。ツネさんとわたしは斜面を見ながら、さくらんぼを食べていた。しばらくすると、斜面の草木が生い茂った場所が、ガサゴソと揺れはじめた。

「ほらほら、きたよ」

ツネさんは口の中から、さくらんぼの種を手のひらに出して、それを川に落とし、斜面のほうを指した。

草木の隙間から、黒い毛のかたまりが見えてきた。それが斜面の下に移動してくる。緊張しているのか、動きは慎重で、なかなか姿を現さない。

わたしは息を殺していた。ツネさんの鼻息が聞こえる。

ようやく岸に真っ黒の熊が出てきた。思わず「おっ」と声が出てしまった。

「もう少し近づけてくれ」

ツネさんが言った。貞男くんは驚いた様子もなく、冷静に舟を動かしはじめた。

ツネさんが立ち上がって手を振ると、同時に熊も立ち上がった。真っ黒の熊は、胸の辺りが白い毛になっていて、ツネさんの言っていたように、おいでおいでをはじめた。

舟は岸に近づいていき、三メートルくらい先に熊がいた。首を左右に振りながら必死においでおいでをやっている。川を挟んでいるので、恐怖心はなかったが、太い足や、太い首を見ていると、野生生物の凄みが伝わってくる。

「今日は、おみやげ持ってきたぞ」

ツネさんが熊に向かって言って、バケツの中に手を突っ込み、さくらんぼをつかんで投げはじめた。

さくらんぼは、バラバラと熊の身体に当たった。そして熊は四つんばいになって落ちたそれを食べはじめた。

「今日だけだぞ、特別だからな！」

ツネさんは子供の豆まきみたいに、さくらんぼを投げている。

貞男くんは、たばこに火をつけた。煙が岸に流れていく。熊は煙が嫌いなのか、ちらっと貞男くんの方を見たが、ふたたび地面のさくらんぼを食べはじめた。

そして食べ尽くすと、ふたたび立ち上がって、またおいでおいでをはじめた。

「まだ食うか、これが最後だべ」

ツネさんがさくらんぼをつかんだ。熊のおいでおいでが激しくなり、ツネさんが投げようとすると、熊は二足歩行で足を踏み出した。そのとき岸のへりで足を滑らせ、川に落ちてしまった。

「ありゃりゃりゃらら」

熊は水の中で必死にもがいていた。バシャバシャと水しぶきが立っている。

「だいじょうぶか！」

ツネさんが叫ぶ。

熊はどんどん川に流れていった。黒いかたまりが小さくなっている。

ツネさんが呆然としていると、貞男くんがやってきて、向こうに流されていく熊を見ながら、「だいじょうぶですよ。熊は泳げますから」と言った。

よく見れば、確かに泳いでいるようでもあるが、川の流れが速いので流されているようでもある。

「そろそろ、行かないと。次の客乗せる時間に間に合いませんから」

エンジン音が川面に響いた。熊が食べ損ねたさくらんぼが、岸に転がっている。舟は川をのぼりはじめた。


橋の上、ごったがえしている野次馬から、歓声があがった。麻酔銃が撃たれ、熊が倒れたのだった。あたりはだいぶ暗くなり、投光器で照らされるゴルフ場の芝生の上に、黒いかたまりが転がっていた。わたしは野次馬の中からこっちに向かってくるツネさんに声を掛けた。ツネさんは、複雑な笑顔をして「おう」と言った。

「よかったべ、よかったべ、捕まってよかったべ」

ヤースケが喜んでいる。

わたしたちは、いつもの酒場に行くことにした。ツネさんは無口だった。

歩いている途中、パトカーに先導されたトラックがやってきた。荷台には大きな檻が乗っていて、ブルーシートが被されていた。

数日後、酒場のテレビで、あの熊が山に放たれるニュース映像が流れていた。檻から放たれた熊は、一瞬、戸惑っていたが、その後、勢いよく森の中に走り込んで、すぐに見えなくなり、草木が揺れていた。

わたしは、いい加減、金が尽きてきた。そろそろ東京に戻って、仕事を探さなくてはならない。

次は、いつこの町に来れるだろうか。もう来ないかもしれない。わたしは冷酒を飲みながら、コシアブラのおひたしをつまみ、出まわりはじめた岩牡蠣を頼んだ。

老婆と公園で

加藤千恵

コラム――村上春樹、そして私

いつかのメール

加藤千恵

かとう・ちえ　一九八三年、北海道生まれ。歌人・小説家。著書に短歌集『ハッピー☆アイスクリーム』(集英社文庫)、小説『あとは泣くだけ』(集英社)、『卒業するわたしたち』(小学館)、『その桃は、桃の味しかしない』(幻冬舎文庫)などがある。

もう十年以上前、村上春樹さんから、二回メールをいただいたことがある。と、まるで個人的な交流があるかのように書き出してしまったけれど、そうではない。

当時わたしは高校生で、村上さんの作品を夢中で読みあさっているところだった。高校入学と同時に買ってもらったパソコンで、インターネットに夢中になり、興味のあるホームページを巡っているところでもあった。

村上朝日堂ホームページ、というのがそのホームページの名前だった。フォーラムと名づけられたコーナーの中で、村上さんと読者とのメールのやりとりが紹介されていた。真剣な相談もあれば、趣味の話、日常の報告など、話題は多岐にわたっていた。

「わたしも村上さんとやりとりしたい!」

そう思った。単純な思考だった。

一度目に送ったのは、村上さんのかつての小説の手直しについてのメールだった。どこかで目にしてから抱えていた疑問を書いたところ、ご丁寧な返信をくださった。ちなみにそのやりとりは、数年後に朝日新聞社より出版された、シリーズ単行本の中の一冊に収録していただけた。嬉しくなったわたしが、次にメールのテーマに選んだのは、ラブホテルだった。村上朝日堂ホームページでは、変わった名前のラブホテルについての話題が時おりあがっていたので、そこに便乗する形で、地元のラブホテルの名前をいくつか書いて送ったのだ。

結果、それにも返信をいただくことができた。あいにくもうそのメールは手元に残っていないのだけれど（なんとしても保存しておくべきだった！）、冗談めかして、あまりラブホテルの名前について考えていては、僕のようにろくな大人にならないですよ、ということが書かれていたのを記憶している。

ラブホテルの名前以外にもいろいろ考えつづけた結果なのか、わたしはろくな大人にはならず、かといって村上さんのような大人にももちろんなれなかったものの、小説家と呼ばれる職業につき、こうして文章を書いている。村上さんの名が付いたアンソロジーに参加させていただけるなんて、メールを送っていた当時のわたしは、想像もしていなかった。たとえ話したって、信じないに違いない。現実は奇妙でおもしろいなと思う。

老婆と公園で

小さな公園だった。

砂場があり、鉄棒があり、ベンチがあり、すべり台があり、簡単にまたげる白い柵の中には、土があり、木があり、草花があった。逆の言い方をするなら、それくらいしかなかった。

誰もいなかった。

ベンチに腰かけた。白かったであろうペンキはところどころはげ落ちて、公園に流れた年月の長さを表している。ちょうど木陰に位置しているので、少しの涼しさを感じた。二十分ほどは歩いてきたのだろうか。身体がうっすらと汗ばんでいる。

視線を上にやる。誰かが塗ったような九月の青空。突き抜けるような爽快さがある一方で、嘘くささも伴っている。

引っ越して一週間。順序としては、荷ほどきを済ませるのが先だとはわかっているけれど、段ボールの感触にはもう飽きはじめていた。ガムテープをはがす、物を出す、収納していく、という一連の流れに倦《う》んでいた。一人暮らしの部屋から追い出されるような気持ちで、こうしてあてもない散歩に出たのだった。

駅からも離れている住宅街の一角に、こんな公園があることは把握していなかった。

子どもの声がしている。叫ぶようなはしゃぐような声。言っている正確な内容までは聞き取れない。ここから見えるマンションのどこかだろうか。マンションはどれも似たものに見える。四角く白く、均等に薄汚れている。

目を閉じると、その分聴覚が鋭くなる。子どもの声が近くなる。

身体のそこかしこに、昨日から同じ作業を続けていたことでの疲労が蓄積されているのを感じる。腕、肩、背中、腰。思いきり伸びでもしてみようかと目を開けると、こちらに近づいてくる人とちょうど視線が合った。

おばあさんだった。ひどく腰が曲がっていて、歩くのも大変そうだ。杖を使えばいいのにと思った。手には金の金具がついた、黒いハンドバッグ。ゆっくりと歩を進めて近づいてくる。こちらを見て微笑んで首をかしげるので、わたしも慌てて会釈を返した。

立ち上がるタイミングを逃し、どうしたものか考えあぐねているうちに、彼女の歩みがベンチに到達した。

「こちら、いい?」

座っても大丈夫かということだろう。はい、と答えた。思いのほか高い声だった。可愛らしい声ともいえる。一瞬、金木犀《きんもくせい》が匂い立った気がした。しかし近くに金木犀の木は見当たらない。

距離を置いて隣に座った彼女を、横目でちらちらと観察する。白髪を後ろで一つにまとめている。ほどくと肩くらいまではあるだろう。紫の布地に、白い花がいくつも散りばめられたワンピースは、彼女が長い年月それを着ている雰囲気に満ちている。涼しそうな素材だ。金木犀の匂いは一瞬で消えていた。

今立つと、彼女の存在を迷惑がっているみたいだろうか。けれど実際に立とうと思っていたのだし、と頭の中で考えを巡らせていると、おばあさんが口を開いた。

「暑いですね、今日も」

独り言ではなく、わたしに向けられたものだと気づき、そうですね、と答えた。思わず早口になった。

「もう九月なのに」

「ほんとですね」

相づちを打つよりほかなかった。それじゃあ、とわたしが立ち上がろうとするより、一瞬早く、おばあさんがさらに言葉を発する。

「このあたりにお住まいなの？」

「はい」

「まあ、そうなの。いつから？」

「一週間前です」

「引っ越されたばかりなのね。今まではどちらに住んでいらしたの？」

会話が完結するように、言い切って答えているつもりが、矢継ぎ早に質問を返されて、わずかに苛立ちをおぼえてしまう。それでも二人きりの空間で無視をするわけにもいかず、わたしは一週間前まで住んでいた駅名を答えた。

「あら、いいところよね。でもこのあたりもいいでしょう。落ち着いていて」

「そうですね」

「どうして引っ越されたの？」

理由のない引っ越しもあるのかもしれない。けれどわたしの場合は違う。はっきりとした理由がある。端的に言ってしまえば、失恋だった。

二年間付き合った恋人と別れた。結婚も考えていた相手だったが、彼に他に好きな人がいると告げられて、わたしができることはあまりにも少なかった。それでも数少ない選択肢である、泣きついたりわめいたり優しくしたり怒ったりというのをどれも、時にはいっぺんにやってみたものの、彼の気持ちは変わらなかった。

住んでいた部屋は、あくまでわたしが借りていたもので、彼に家賃を払ってもらっていたわけではない。それでも住みつづけるのは困難だろうと思った。あまりにも彼との記憶に満ちていたからだ。フローリングに浮かぶ埃一つにまで、思い出をよみがえらせ、悲しみを溢れさせ、未練を募らせてしまいそうな自分が容易に想像できたので、一刻も早く離れなくてはいけないと感じたのだ。

彼と一緒に行ったことのない街で、会社からさほど遠くないところというのだけが条件だった。慌てて探したので、家賃のわりに築年数も古いし、前よりも狭くなってしまったけれど、それなりには満足している。

ただ、わたしの引っ越しにまつわる背景があるからといって、隣にいる見ず知らずのおばあさんに伝えたいかというと、当然そんなことはなかった。

「ちょうど契約を更新する時期だったので」

別に嘘ではなかった。事実、更新の時期でもあったのだ。

「わたしもこの近くなんだけどね、引っ越してきてもう二十年くらいになるのよ」

「そうなんですか」

「あっというまだったわ、二十年」

「そうなんですか」

同じ言葉を繰り返した。他に言うこともなかったし、早くここを立ち去りたい気持ちは増していた。最初に感じた涼しさも今はほとんどない。まっすぐに部屋に帰って、シャワーでも浴びて、荷解きの続きをやろう。

会話が途切れた。ここだ、と立ち上がろうとすると、またさっきと同様に、一瞬早くおばあさんが口を開いた。

「あなた、さされたことはある?」

「え?」

意味のわからない質問だった。さされる?

「さされたことないかしら。まだお若いものね。大学生くらい?」

言い終えると、おばあさんはゆっくりとした動作でバッグを開き、中を確認すると、またバッグを閉じ、こちらに視線を戻した。

「いえ、会社に勤めてます。二十八です」

思わず正確に答えてしまう。おばあさんは、そう、とほんの少し驚いたように言い、何度か頷いた。

早く話を終わらせてほしくて、わたしは先を促した。

「あの、さされるって」

「ふふふ」

おばあさんは小さく笑った。何かを思い出しているみたいだった。自分の中で、苛立ちが強まっていくのを感じる。他愛もない思い出話に付き合っている時間的余裕も精神的余裕もなかった。わたしは決心した。

「すみません、わたし、そろそ」

「包丁でねえ、こう、ぐさっと刺されたのよ」

けして強い言い方ではないのに、わたしの言葉をあっさりとさえぎって、おばあさんは言った。

包丁で？　ぐさっと？

おばあさんは、両手を軽く動かすとまた、ふふふふ、と笑った。後ろでまとめきれなかったらしい白い髪の毛が、シミだらけの頬に沿うようにして小さく揺れている。ハンドバッグはいつのまにか膝の上に置かれている。

一気に恐ろしくなった。正常ではないのかもしれない、と思った。さっきまでの苛立ちは消えたものの、替わって生まれた恐怖により、ここを立ち去りたい気持ちが増す。

一方で、おばあさんの話を聞かなくてはいけない気がした。わたしが何も言わずにいることにはまったく構わない様子で、おばあさんは話しはじめる。どこか弾むように。

「刺されるってねえ、すごいのよ。人間の体と刃物っていうのは、まるで違うものなんだってわかるのよ。異質なものが入ってきたー、って体じゅうがしゃべるの。たまに指にトゲがささっちゃったりするでしょう。あれの何倍も何十倍もね、痛くて、違和感があって、そりゃあもう気持ち悪くてね」

さっきまでと人が変わったようになり、おばあさんは話を続ける。こんなにも淀みなくしゃべることができるなんて。わたしの相づちも応答も、まるで必要とされていない。

「包丁がここにあるってわかるのよ。はっきりと形が意識できるの。お腹の中で、あー、刺さってる、って。そう、刺されたのはお腹だったのよ。どんどん血がにじんできてね、じんわりじんわり出てくるの。ぽたぽたーって床に落ちていってね。もう立ってられなくなって、そのまま座っちゃったわ。崩れ落ちるなんて言い方するけど、あれは本当なのね。崩れちゃったの。血も出てくるし、あとね、脂汗。普通の汗とは違うのよ。それもじわーって浮かび上がってくるのよ。手とか足とか額とかね」

気のせいか、前を向いて話しつづけるおばあさんの声は、最初に話しかけてきたときよりもずっと力強いものとなっている。高さも変わったようだ。もう可愛らしい声とは思わない。

「どこで憶えた知識だったかもわからないけどね、ああいうときって、抜いちゃいけないらしいのよね。包丁。ものすごく痛いし異質だし抜きたくなるんだけど、抜いたら血がどばあっと出て、大変らしくって。なんでかそれを知ってたものだから、ひたすら我慢してね。でもとっくに我慢なんて範疇を超えてるのよ。血も脂汗もだらだら出て、調節なんてできっこないんだから」

おばあさんは、いきなり首だけをわたしのほうへと動かした。わたしは驚きで、思わず身体をびくつかせてしまう。驚きを気にすることなく、おばあさんは言う。

「誰に刺されたと思います？」

また穏やかな口調に戻っていた。引っ越しの理由や、前に住んでいた場所を聞くときと同じ。わたしは、さあ、と首をかしげた。それでもじっと見つめてくるので、何か答えざるをえないのだと知った。おばあさんの目が、ほんの少し深緑がかっていることに、初めて気づく。

「強盗、とかですか」

わたしの答えに、おばあさんはゆっくりと首を横に振る。顔を前に戻して、一音ずつはっきりと、区切るように言う。

「娘」

むすめ。唐突な三文字に、わたしはまたしても恐怖をおぼえる。ただし、さっき感じたものとは異なっていた。

「娘がね、あんたなんて、って言うのよ。わたしが産んだ娘なのよ。娘を産んだときも痛かったけどね、刺されるのもそりゃあ痛くて痛くて。いろんなことが巡るのね。出産のときも思い出したし、娘と一緒に遊んだことも、叱ったことも、とにかく駆けめぐって。走馬灯なんて、よく言ったものよね。娘の思い出ばっかりよ。でもね、わたしのことを娘は、憎くて憎くて仕方なかったんですって。そうじゃなきゃ、刺したりしないものねえ」

わたしは荒くなっていく自分の呼吸を、必死に抑えこむ。刺されるという言葉が、わたしを圧迫していく。押しつぶされそうな感覚があった。

誰なんだろう。この人は、今隣にいる老婆は、誰なんだろう。

前を向いている老婆のパーツ、一つずつを横目で確認していく。髪、額、目、鼻、口、姿勢、身長、服装……。当てはまらない。どれも別人だ。当然だろう。そもそも年齢がまるで違うし、こんなところにいるはずがない。

「わたしの血を見てね、娘は逃げ出したのよ。きっと怖くなったんでしょうね。刺したら血が出るなんて、当たり前なのにねえ」

もう老婆の声は、わたしに向けられていないように聞こえる。あるいはわたしの耳が、彼女の声を聞くことを拒否して、そうなっているのだろうか。

違う。この人じゃない。この人は別人だ。わたしがひたすら憎みつづけてきた、あの女じゃない。この人はわたしの母親じゃない。

生まれたときから、父親はいなかった。名前も顔も知らない。ときおり誰かに預けられた。親類というわけではない。今考えれば、近所の人に無理やり押しつけていたのだろう。幼いわたし一人きり、数日取り残されることなんて、日常茶飯事だった。

わたしが一人で過ごせるくらいに成長してからは、あの女はさらに家を留守にするようになった。時々男を連れて帰ってきた。男と二人きりになるために、わたしを追い出した。わたしには友だちもいなかった。だからそういうときはいつも、公園や図書館で孤独な時間を過ごした。思えば記憶の中には、ここに似た公園もあった。遊具も少なくて、人もいない、静かな古びた公園。

わたしに似ればもう少し美人だったのにね、と心底同情するような表情で、あの女は時々わたしに言った。確かにあの女は美人で、わたしは美人ではなかった。けれど似ていなくてよかった。絶対に似たくなかった。

決定的な出来事が起きたのは、わたしが高校生のときだった。遅くに帰宅すると、そこには当時、あの女の恋人だった男がいた。名前も知らない。あの女は入浴中らしかった。時間をつぶすため、わたしが再び外に出ようとするのを、背後から男が止めた。振り向くとそのままキスをされた。男の唇はひどく柔らかく、グロテスクに感じられた。アルコールの匂いがした。必死で拒もうとするわたしに対して、男はさらに力を強め、押し倒された。制服の上から強く胸を揉まれた。かなわない力で抵抗を続けているうちに、入浴を終えたらしいあの女が出てきた。

「ちょっとあんた、何やってるのよ」

男は離れた。よかった、と安心しているわたしに、驚くような言葉が投げつけられた。

「人の男を誘惑するなんて、恐ろしいわ」

想像外のセリフに、わたしは何も言い返せなかった。あんたとは、男ではなくわたしに向けられた言葉だったのだ。ただ黙って家を出た。その日は近くのファミレスで朝を迎えた。いくらうがいをしても、ドリンクバーのドリンクを飲んでも、男の唇の感触が消えず、吐き気に襲われつづけた。

「どんどん視界がかすんでいくのね。物の焦点が合わなくなって。そのうちに眠さみたいなものもやってくるのよ。しゃべろうとしても、舌がまわらなくて、口の端からこう、泡がぶくぶくって」

もういい、とわたしは老婆の口をふさぎたくなる。けれど立ち上がることすらできない。

出来事の翌日、わたしはある行動を決意した。それから毎日、授業中も、布団の中でも、ひたすら計画を練っていた。

台所にある包丁を使うつもりだった。あの女は時々、布団ではなく、居間のテーブルに突っ伏して、お酒を飲みながら眠ってしまう。みっともないイビキまでかいて。そのときに、後ろから近づいて、背中を刺してしまえばいい。そして財布の中身を全部抜き取り、キャッシュカードの中身もその日のうちに全部おろして、わたしは一人、東京に行って暮らすのだ。誰もわたしのことを知らないところで、幸せになるのだ。誰にも見せることのないノートに、東京で暮らす部屋の間取りや、どんな家具を置くかまで事細かに書きこんでいった。

実行のチャンスは意外と早く訪れた。その日、たまたま夜中に目を覚ましたわたしは、あの女がテーブルに突っ伏して眠っているところに出くわしたのだ。台所から包丁を取り出し、ゆっくりと近づいていった。背中は目の前にあった。

「刺されるなんて思いもよらなかったわ。だってそうでしょう。誰が自分の娘に刺されるなんて思って生きているのよ。ねえ」

老婆がまたこちらを向く。わたしはもう、呼吸を抑えるのに必死で、うまく返事ができない。ただ老婆をじっと見つめる。口元の皺が深くなった気がした。

「もう何十年も経つっていうのに、まだ時々痛むのよ、ここが」

わたしの顔から視線をそらすことなく、老婆は片手で自分の腹部をさする。紫の布地のワンピース。

あの街を捨てるようにして東京にやってきて、もう十年ほどが経つ。

わたしは結局、刺せなかった。

あと数センチというわずかなところで、手が震えた。自分のものではないかのように、両手そのものに意思が宿ったみたいに、いきなり震え出した。どうしようもなかった。包丁を台所の元あった場所に置き、自分の布団に戻ってからも、震えは止まらず、朝まで寝つけなかった。

だから絶対に、この老婆があの女であるはずはないのに。いくら歳を重ねたとしても、この老婆とあの女は、似ても似つかないのに。

「あんたなんてー、って言ったときの娘の声をね、わたしは一生憶えてるんですよ。顔もね。そのあとの痛みだって、絶対忘れやしませんよ。包丁で刺されるなんて、あれが初めてだったんだもの」

老婆は腹部をさする手を止めずに言う。さすったまま、わたしから目をそらさないまま。

わたしじゃないです、と言いたいのに、言葉がつかえて出ていかない。目の前にいる老婆を突き飛ばしてでも、ここから立ち去りたいと思うのに、まるで身体を動かすことができない。あの女を刺せなかったときのようだ。わたしの思いとは無関係に、身体のあらゆる箇所が意思を持ち、それぞれがこの場に居座ろうとしている。

老婆の深緑がかった目が、わたしをとらえている。背筋がぞわっとする。ついさっきまで感じていたはずの暑さはもうここにはない。気温は変わっていないはずなのに、ひどく寒い。

また金木犀の匂いが鼻をかすめる。あの女と二人で暮らした、あの憂鬱なアパートの小さな庭には、金木犀の木があって、秋になるといつも香りをまきちらしていた。最近ではもう思い出さなくなっていたのに。遠いものとなっていたはずなのに。一体この匂いは、どこからしているのだろう。

「あなた、刺されたことは本当にないの？　でも刺したことはあるでしょう？」

老婆が問いかけてくる。わたしは立ち上がることもできない。

半分透明のきみ

荻世いをら

コラム——村上春樹、そして私

双子のＬＤＫ

荻世いをら

おぎよ・いをら　一九八三年、京都府生まれ。小説家。二〇〇六年、「公園」で第四十三回文藝賞を受賞。著書に『公園』、『東京借景』、『ピン・ザ・キャットの優美な叛乱』（以上、河出書房新社）がある。

三歳の息子がとにかく毎日毎日部屋を散らかす。遊び場となっているＬＤＫは、ちゃんと片づけても半時間もすれば泥棒が入ったみたいになってしまう。そんなわけで常に片づいた部屋にいようと思えば、子どもの後ろにくっついて片づけ続けなければいけない。でもそれでは一日中何も出来ないことになるから必然的に夜、子どもが寝静まってから片づけることになる。本を本棚へ戻し、積み木を木箱へ戻し、ドラえもんのパズルを元通りに完成させる。ようやくその作業が終わって一息つこうと思ったらもう体はくたくた、何も出来ず結局そのまま眠るしかない。で、朝になったらまたすぐぐちゃぐちゃである。片づける必要ってあるのかな？　と思えてくる。散らかすために片づけているとしか思えないのだ。

これは別に育児に限った話ではなくて、人生全般に言えることなんじゃないかなと思う。沢山の人や出来事が自分の部屋に入って来ては、そのつどに散らかり、毎度片づける必要がある。そして片づいた部屋で人はひとり何かしら考える必要がある。その時間を次に向かって生きていく力とするためにである。毎晩毎晩、片づけを繰り返していると、もの凄い速さでパズルを組めるようになるのだが、持ち主よりも速くなる必要があるとは限らない。

それでたとえば、ＬＤＫの隣に、まったく同じＬＤＫがあったらな、と思う。家具も壁の傷も何もかもが同じＬＤＫで、それが壁一枚隔てたところに、自分しか知らない秘密の扉の向こう側にあるのだ。散らかったらもうそのままにしておいて、子どもが寝たらさっとその隣のＬＤＫへ行き、その日残されたわずかな時間をそこで過ごす。何かを考えたり、考えなかったりする。そしてまた元のＬＤＫに出て来て、みんなと楽しく生きていく。

僕が村上さんの小説から得たことは本当に沢山あるけれども、大まかに言ったらその、真隣に存在するまったく同じ部屋の存在について思いを巡らせられるようになったことだと思う。

半分透明のきみ

花村丈雄と原由紀夫の出会いは必然に見えなくもない。二人はともに四国では名門として名高い私立の中高一貫校へ入学したばかりで、どちらもまだあどけないが、年不相応に超然としており、どういうわけか彼らを双子だと勘違いする者もいる程である。

にも拘《かか》わらず最初、教室で彼らは全く目立たないばかりか、その存在を怪しまれてすらいる。というのも入学後間もなく、どちらが先にというわけでもなく、彼らはともに不登校に陥《おちい》るのである。原因は似ているようでいて、似ていない。原由紀夫は入学式の翌日から、小さな貿易会社を営む父親に帯同し、マニラで二泊、次いでマレーシアに二泊の予定で発つのだが、クアラルンプール国際空港へ入国する際、由紀夫の旅行鞄から実に3・5キロにも及ぶメタンフェタミンが発見されるのだ。すぐに由紀夫は逮捕され、やがて懲役判決を受ける。もちろん最終的には空港の映像資料をもとに事なきを得るのだが、それは別の人間が由紀夫の鞄に薬物を仕舞うところが監視カメラの映像、ではなく、幸運にも近くに居合わせたオランダ人旅行者の暢気《のんき》な旅行映像に映り込んでいたからで、であるからしてそこへ至るまでに長い時間がかかったのは言うまでもない。一方の花村丈雄はというと、由紀夫のような派手さとはかけ離れている。起立性調節障害に陥り、酷い低血圧で朝、起きられなくなってしまっているのである。

待てど暮らせど登校しない二人の前評判は時々刻々騒然としたものになっていく。教室中で、いるはずのない二人のクラスメイトという一種の怪奇譚が横行しはじめ、そのうち、二人とも家庭の財政状況が原因で自主退学を余儀なくされたのだという噂がたち、しかしやがてどちらかが死んで退学し、どちらかが殺して退学したのだという噂になっている。もちろん言うまでもなく、大した時間を要することもなしに生徒たちはその手の話題に飽きてしまっている——噂を本気で信じるほど、まだ誰も自分以外のことに対し興味を持ち得ないのだ。気づいたときには二人の不在を気に留める者はいなくなっており、ある一定数に関しては、もともと知らないようですらある。

だがその後、彼らの存在が所属するクラスだけでなく、学年かけての話題をかっさらうことになる。どういうわけか二人はまるで示し合わせたかのように全く同じ日に登校して来るのだ。誰もがすっかり学校生活に馴染み、ある程度の棲《す》み分けがなされ、当面は新たな政治闘争に巻き込まれる気配もなく、そして何より、当初抱いていた学園生活への理想像が崩れ去ったことに倦《う》みはじめた、その折に彼らは姿を現すのである。極めつけのトピックは彼らが登校したその日が学期末テストの第一日目だということにあった。徹夜明けの猛者達はもちろんのことながら、祭りの仰々しさに昂揚する半袖Yシャツの軍団の中へと、季節を忘れて登校して来た（としか思えぬ）、真っ新《さら》の詰め襟姿の者が二人、ある種の壮烈さを湛《たた》えて分け入って来るのだ。地元が同じ者が何人か率先して、各々の生徒に声をかけるものの、ほとんどが二人と口を利いたことすらない。丈雄と由紀夫。二人の先行きは前途多難に見えなくもない。どんな時代であれど、浮き沈みの激しい未成熟の社会を生き抜くには、目立ち過ぎてはいけないのだ。そして不幸にもそのことを証明するように事態は進展、あるいは激化していく。

地方都市における特等の進学校らしく、渡り廊下の中央掲示板へ試験結果が大々的に張り出されると、不穏などよめきが湧き起こるのだ。昨日までその存在すら疑われていた二人組が学校生活の本番と呼ばれるべき、番付表を今やすっかり席巻しているのである。花村が一位、原が五位につけているという光景はだが、青天の霹靂《へきれき》、というわけでもない。誰もが、いやそんな気もしていた、とまことしやかに嘯《うそぶ》きはじめるのである。

水面下で黄色い声援が湧くのは言わずもがな、当の本人たちはそんなことはどこ吹く風と、いかにも初々しく教室の居慣れなさを受け止めている。その姿は健気《けなげ》さをとうに通り越して懸命過ぎる程である。部活の登録を済ませ（丈雄はテニス、由紀夫は剣道）、クラスメイトの名前を覚え、高さの合わぬ椅子を取り替える。その様子を誰もが一学年下の入学生でも目の当たりにしているような、挑戦状を叩きつけられた者特有の胡乱《うろん》な眼差しで見守っているのだ。ぱっと見、二人は風采《ふうさい》の上がらぬ、いかにも困難に従順そうな人物だが、そうではない。野生の動物さながら、教室の中では万事にかけて注意を怠らず、やがて狂ったように適応しはじめるのだ。

当然の流れとして、徐々に二人は接近し出し、間もなく他の誰にも見せない親密さを交わしはじめる。とはいえ気の合う者同士がお互いに無条件に惹かれ合うのではない。各々は、理想の自己像それ以外を阻害した結果、自分の影武者として許容出来る者を隣に残しているだけなのである。

由紀夫の肌は白く、釉《うわぐすり》に浸けた磁器のような白さで、何かしらすぐに赤らむ透明な白さ、かといい弱々しい感じはなく、その逆の印象すら受ける者もいるぐらいである。由紀夫は明るい性格で、教室での振る舞いにはたくらみに満ちたバランス感があり、調子者を演じられるという度量を常に見せている。一方の丈雄にも、その落ち着きの無さに支えられた明るさが見て取れなくもないが、快活というのではなく、何事にも慎重が故の自信のなさが付きまとっていなくもない。性格の明るさと暗さが、ひとつのバロメーターを共有しているのではないとでも言わんばかりに、明るくて暗い男、それが花村丈雄なのである。だがあるとき、どういうわけか由紀夫が自分の性格こそを模倣している風であることに、事もあろうに丈雄自身が気づくことになる。たぶん丈雄は、こう思っている。この男は、一体どうして俺を同じ性格の持ち主だと認めているのだろうか？　こいつはまるでこの俺を、自分の精神がそっくりそのまま収まる穴ぐらのように見立てているようじゃないか。

冬が訪れ、その頃には教室内における相対評価から、誰もが自分の性格がこの辺にあるだろうと見当をつけはじめている。言わずもがな、稚気《ちき》に満ちた、目立ちたがりの人間が引き受けると相場が決まっている通り、気づけば由紀夫は、おまけに丈雄も追従する形で、教室内でのささやかな悪童めいた役割を演じている。

こうしてあらゆる時期のあらゆる人間がそうするように、理由らしい理由もなく、何をするにしても二人は行動を共にしていく。そんなある日、二人の親密さの種類を決定づけるような出来事が起こることになる。技術科の実習時に、木工室で丸のこ昇降盤を使って木材の縦挽き作業をしていた由紀夫が、丈雄に呼ばれたと思って振り向いた瞬間、右手が鋸歯《きょし》に接触し、手の甲に裂傷、人差し指に切断創を受けてしまうのだ。状況は壮絶を極める。丈雄はおろか、由紀夫もはじけ飛んだ指先を必死に床中探し回るのである。チップと血にまみれた捜索は難航する。というのもこのとき彼らはどの程度の指の断片を探しているのか知りようがなかったのである。由紀夫が病院へ運ばれてからも丈雄はその場に留まり、がむしゃらに探し続け、その姿は彼自身の体の一部を探しているように見えなくもない。雑巾で血を拭い、赤く染まった木っ端をひとつずつ、これこそが不気味な柔らかさを有しているのではないかと恐る恐る摘み続けるのだ。病院へ向かう前に由紀夫が教師に、誰かに呼ばれたと勘違いして振り返った、とあたかも自分の空耳がすべての原因とでも言わんばかりの説明をしていたことについて丈雄は何度も思い返している。自分はあのとき、由紀夫に声をかけたのだろうか？　いやかけたはずだ、と丈雄は思う。しかし結局、指は見つからない。

翌日、包帯でぐるぐる巻きになった右手を提げて由紀夫が登校する。切断創は思った以上に軽微で、ぱっと見では気づかぬほんの指先だけとのこと、それから相変わらず由紀夫は、誰かに呼ばれたと思ってしまって、とクラスメイトに状況を説明する。それどころか休み時間に丈雄が由紀夫を呼び出し、改めて彼に謝ることになったときでさえも、丈雄が実際に呼びかけたという事実の申し出を、由紀夫は断固として固辞するのだった。丈雄は丈雄で、それが由紀夫なりの気の遣い方だと考え、それ以上事故のことについては言及しないようになる。どういう形であれ、失われたものは二度と元に戻らないのだ。間もなく由紀夫の包帯が外れる。事故による運動機能の低下は見られないが、それでもときどき、由紀夫の指先に存在する空白を丈雄は目の当たりにすることになった。パソコン室の授業で、マウスをクリックするとき、ほんの少しだけ他の人間より第二関節を曲げている。もはや丈雄には、すべての由紀夫の動きが指先の欠落を起点に変化してしまったように見えなくもない。それでいて当の本人は、気にも留めていないときている。少なくとも丈雄の前では、そのように振る舞っていることは確かなのである。欠落――それこそが友情の証であるかのように丈雄は感じはじめるのだ。

ここまでは理想の学園生活、夢見る少年漫画の世界と見立てても申し分ないものである。だがここから先の事態は、いささか純文学的地方風土の陰険さを感じさせなくもない。土地と人間の長きに亘る癒着に、いじらしき中高生の稚気が加われば、どんな話も見る見る間に惨めな武勇伝か、良くてもせいぜい怪談にしかならないのだ。

進学の牙城として地域からある種隔絶された状況で生活を送る丈雄たちも、学校からひとたび出れば、すべての市民と同じく地域における同郷人としての振る舞いが相応に求められるのは言うまでもない。コンビニの前を通れば、意味もない優越感に必死にしがみつこうとしている喧嘩腰の公立中学の生徒と鉢合わせ、地域の祭りでは小学校のかつての友人が見たこともない、明らかに自分とは毛色《けいろ》の違う友人と連れ立ち、いかにも悪巧みに満ちた視線を丈雄に向けてくる。そういったことに関して、例に漏れず彼はどちらかと言えば小心者らしく避けて通るようにしていたが、ある日、由紀夫が真っ向から立ち向かっていくさまを目にすることになるのだ。

最初、丈雄の目には由紀夫のそのあり方が、実に勇気に満ちた、自分自身に誠実な行為として映るのである。たぶん丈雄は、こう思っている。驚くべきことにこの男は、自分に嘘をつくことこそを悪徳としている。ヤクザに道を空けろと言われればその通りにする、アメリカに駄目だと言われたらその通りにする、そんな処世術に自分を明け渡すことに頑《がん》と対抗出来る真の勇者なのだろう。だがすぐにそうではないことがわかった。夏祭りの夜、二人で自転車に乗って誰もいない小学校の運動場へ立ち寄ると、端っこにあるブランコの前に何台か自転車が停まっていることに丈雄たちは気づく。この後の展開は笑い抜きには語れないものである。二人に対する明らかな侮蔑《ぶべつ》を感じさせる笑い声を耳にすると、由紀夫は何の躊躇《ちゅうちょ》もなくブランコへ近寄って行き、座っていたそのうちの一人を思い切り殴りつけるのだ。相手はバランスを崩し、地面に倒れ込む。対峙した四人のうち、殴られなかった三人は札付きの悪として有名な顔に見えなくもないが、由紀夫と出身学区が同じ顔馴染みなのか、やけに親しげに振る舞いながらも内心誰もが彼の暴挙に慌てふためいているのが丈雄の目には明らかである。殴られた人間は血まみれ、見るからに鼻がひん曲がっていて、痛みに悄然《しょうぜん》としている。その場にいる由紀夫以外の人間すべてが呆気にとられているのは言うまでもないが、立場上、自分には劣勢に立ち回る資格がないのだと丈雄も自覚しておりその通りに振る舞わざるを得ない。だがあろうことかその場において、由紀夫はまるで殴った事実など無かったかのように世間話をはじめるのである。相手もそれに乗らない手はないとばかりに気楽さを演じ、間もなく笑い声に満ちた解散がなされる。

　帰り道、いつも通り由紀夫の横で自転車をこぎながらも、丈雄は気が気でない。迷いなく相手の鼻をへし折る。一切の躊躇の見られぬ、その非情さを目の当たりにして、この男の冷酷さは自分とは似て非なるものだと丈雄は悟るのである。すべての婚姻が理由を要するように、どんな暴力も同じでっち上げを必要とするはずだろう。だがあそこにはそういった乱暴の足がかりとなるべきものが全く見られなかった。まるでこの男は、無償の暴力の存在を信じているかのようだ。言うまでもなく、その後の二人の学園生活は何が変わるわけでもなく安穏と過ぎ去っていく。時間は限りなく穏やかで、止まってしまったかのようですらある。諍《いさか》いのない日々には一縷《いちる》の瑕疵《かし》も見て取れないのだ。一見、由紀夫の振る舞いは以前と変わらぬようであるが、しかし実のところ、その腕力に酔いしれているように見えなくもない。強面《こわもて》をやりたいわけではないが、教室において自然と他を圧する位置取りになっていることをあえて避けようともしていない。それでいて、見る者が見れば、由紀夫というのはまるで丈雄に甘えているようですらあるのである。そうして月日が流れていく。

二年生になると、二人は違うクラスになるが、放課後はいつも通り一緒に行動している。夏になると、鑑別所から出て来たある人物が、複数名を引き連れて、無免許運転のバンを乗り回し、由紀夫の身柄を捜し回っているという噂が流れる。丈雄は恐ろしくなって青ざめるが、一方の由紀夫は身構えこそすれども、一向に怯《ひる》む様子はない。己の剣道によほどの自負があるのか（練習はほとんどしていない）、木刀さえ持っていればまず間違いないということを、まるでそれが拳銃ででもあるかのように見せつけて丈雄に話すのだ。やがて噂が真実味を帯びはじめ、丈雄は一人で自宅にいても、毎晩怪しげなバイクが家の前に停まっては友人である自分の動向を窺っているように感じられなくもない。実際、学校の教師から不穏な集団が由紀夫を（もしかしたら丈雄も）訪ねて来たという警戒とも警告とも取れる話を聞いてからは、見えぬ敵に怯えて丈雄は一人での外出を控えはじめるが、真の野蛮とは逃亡劇においてこそ披露されるとでも言わんばかりに、由紀夫は夜になると謎の深夜徘徊をはじめるのである。もちろん、何事も起こらず時間は過ぎ去って行く。

学年が一つ上がり、修学旅行で東京へ赴くと、丈雄は自分がはじめて由紀夫を発見したことに気づく。ありとあらゆる場面で、他校の修学旅行生が由紀夫を避けている。電波塔の狭い土産物屋の店内で、挑発的な態度も顕《あら》わに目線を差し向けて来る他校生と鉢合った瞬間には、由紀夫が相手の胸を強《したた》かに殴りつけているのである。相手が驚かないはずはない。大抵が微笑にかまけて逃げるか、体をこごめて赦しを乞うかのどちらかなのである。そのような横暴を、首都の街中で、はたまた走行中の新幹線の中で、見ず知らずの人間相手に実行し続けるのである（もちろん調子づいた雰囲気をかもしている相手も相手だ、という丈雄の見立てもなくはない）。そういうときの丈雄は、毎度驚きながらも、狂気を取り持つ正対称の冷静の役を担っている。怯える相手に気遣いすらする始末で（それでいて止めない）、その様子はまるで二人の人間が一人で歩いているように見えなくもない。こうして丈雄がはじめて気づいたのは、由紀夫が恐ろしく太い腕をしているということ、筋肉はもちろんのことながら、手首、足首という節という節が昆虫のように盛り上がっているということだった。剣道部にはほとんど顔を出していないが、数年前、剣道の全国大会で三位になったという話もまるで頷ける豪腕ぶりで、とても中学生の体格には思えない。由紀夫のその体格の異常を知るにしては、丈雄は彼とあまりに仲が良く、あまりに一緒に居すぎたのだ。だが小学生に毛の生えた程度の少年がどうして減量中のボクサーさながらウェイト制の世界を信仰しているだろうか。たぶん、丈雄はこう思っている。由紀夫の向かって行く相手が、闘う前から戦意喪失していた理由にも合点がいく。遠くから走って来た大の大人が、子どもみたいなキラキラした目で自分に殴りかかってきたら、泣くか、詫びるか、どちらにせよ自分が子どもであることを自供して事の次第の不条理さに言及するしかないというわけだ。

だがそんな丈雄の気持ちなど知らずに、夜の旅館で、消灯後、由紀夫は甘えるような態度で繊細な相談を彼に振りはじめる。どうやら自分はあの女——三つ隣のクラスの子——のことが好きなようだ。早いところこの内容を本人に打ち明け、願わくば交際に漕ぎ着けたい。そこでどうにか援護射撃をしてくれないだろうか？　爪先の肉が丸く露出した右手の指先で、由紀夫が額を掻いている。その指は、さながら奇術師のステッキのように見えなくもない。先から花が出るか、火を噴くかは誰にもわからないのだ。丈雄は愕然《がくぜん》としている。さっきまで暴力に身を窶《やつ》していた輩が、恥の上塗りをするような恋心を吐露しているから、ではない。どうということもない、丈雄もかねてからその人物に好意を寄せていたからなのである。だがしかし、複雑な三角関係というわけでもない。なぜなら学校中の、それどころか街中の男子生徒が、その人物の存在に絆《ほだ》されているからである。すべての人間がその少女に見入り、その少女を夢に見る。その凜とした眉と主張的な目つきに反して無口で、しかし笑顔は何よりも雄弁なその人物のことならば、誰もが知り、誰もが横恋慕《よこれんぼ》しているのだ。一見、事態はこじれそうなものだが、ここからの展開はあっという間である。魅惑の修学旅行が終わって間もなく、由紀夫は念願叶い意中の人物と付き合いはじめるのだ。少なからず丈雄は衝撃を受ける。その後の展開はそら恐ろしいものである。どういうわけか、由紀夫の恋人となった少女は、丈雄とコンタクトを取りはじめるのだ。気づけば、由紀夫の敵討ちという大義名分を当の由紀夫本人から得た上で、丈雄がその人物と交際しはじめることになっている。由紀夫は、丈雄を応援すると言うばかりか、自身の苦しみを打ち明けながらも、だからこその気遣いを丈雄に表明しさえする。その姿はまるで、残りの食料を仲間に託し一人塹壕《ざんごう》に残る同胞そのもので、見るに堪えないものがある。翌朝、由紀夫は始業前に学内で暴力事件を起こし、後日退学処分となる。目つきが悪かったという理由で（実際に態度に問題のある生徒だった）、呼び込んだ配膳室で三発か四発殴り、結果、相手の左眼が失明してしまうのだ。その出来事とは関係なしに割と間もなく、ほとんど交際らしい交際をすることもなく、少女は丈雄の元を去って行く。

三文小説よろしく笑いどころのないこの展開の後、当然ながら丈雄は由紀夫と連絡が取れなくなる。丈雄は何度も由紀夫に連絡を取ろうとするが、繋がらない。二人は二度と会わないように見えるが、そうではない。事実は小説より奇なり、だがそれ以前に事実とは小説以上に使い古されたものなのだ。二人の再会は実に半年後、真冬のことで、場末の大衆演劇に見えなくもないものがある。彼らはまるでいつも通りの友人同士のようだが、既に由紀夫は丈雄のまったく知らない人間を取り巻きにつけている。中には丈雄と地元が同じ見知った者もいるが、どういうわけかそのうちの一人がわざとらしく項垂《うなだ》れている。彼らの屯《たむろ》する公園に丈雄が赴くことになったのは、この不自然な格好になっている丈雄の顔見知りが、由紀夫の取り巻きから暴行を受けたのだと、救助要請の連絡が丈雄にいったからである。もちろん、すべては演出に過ぎず、丈雄もそのことを承知している。暴行を受けた人物と由紀夫はたった二人で、更なる集団暴行に怯えている、という設定なのだが、実際は全員グルで、つまり全員丈雄の敵、全員由紀夫の手下なのである。恐ろしい話、丈雄が到着してからも、由紀夫はその設定を押し通しつつ、それでいて決して役を演じることもない。いかにも普段通り暴行犯たちと喋り続けながら、それでいて敵討ちを丈雄にけしかけるのだ。

言うまでもなく、これは罠でも何でもなく、ただの踏み絵である。丈雄は由紀夫の善意の上を通って彼に歩み寄れるかどうか確かめられているのである。当然ながら事態は良くも悪くもならない。丈雄は取り巻きの一人と殴り合いをすることになり、わざと打ち負かされ、わざと後頭部を蹴りつけられ、わざと痛がり、わざと和解に応ずるのだ。その後、丈雄は由紀夫と（その取り巻きと）円満を装った別れ方をするが、当然ながらそれ以後、由紀夫から丈雄に連絡が入ることはない。丈雄が知っているのは、由紀夫が今や、陰湿な鉄の掟で運営される人間関係の森を、抜群の腕力と思い切りの良い悪意で渡り歩いている、それどころかそれら人間関係の陰険さの経済の、黒幕ですらあるということである。

一年後、不気味なことに、丈雄はくだんの少女から再び交際を申し込まれる。流しの道化師よろしく、この美少女の怪しい誘いは、少なからず丈雄を驚嘆させる。そして彼は、不幸にも一も二もなく、良い返事をするという愚行を犯してしまう。その一ヶ月後、丈雄は壮絶なリンチを受けることになる。もちろん由紀夫とは全く関係のない面子《メンツ》に囲まれるのであり、理由は至極わかりやすく、ある意味真っ当過ぎる程である。地元の先輩筋にあたるその中の人物が丈雄の恋人に好意を寄せているという理由で、めった打ちにされるのだ。それにしてもこのときの丈雄はまるで恐れを知らないようである。別れろ、と言われ、別れない、と答え続けるさまは、逆に交際という契約自体の不可能性を浮き彫りにしなくもない。かつての及び腰の丈雄の姿はそこにはなく、もちろんただ一方的に殴られ続けるだけなのだが、そこには鬼気迫るものが感じられる。毎度のことながら丈雄はアドレナリンに救われ、おかげで死ぬかと思う程でもなく、それどころか思いの外、軽傷で済むことになる。

その何ヶ月か後、丈雄はくだんの恋人と自分から別れる。彼女と喋っていても何も面白くないと気がついてしまうのである。

やがて丈雄は由紀夫の噂を方々で聞くようになるが、実際に会うことはない。まるで二人は永遠に会わないかのように見えなくもない。だが二人は再び相見《まみ》えるのだ。彼らは町に一軒だけ存在するライブハウスの中で再会を果たす。由紀夫はペンキ塗《まみ》れの作業着姿で、脱色を繰り返した果てのほとんど白い髪をしていて、眉がなく、驚く程大きい図体に感じられる。二人は挨拶を交わすだけだが、お互いに気遣いが感じられないわけではない。まるでついさっきまで顔を合わせていた風の、丈雄への甘えと媚び、それから尊敬の入り交じった態度を隠そうともせず由紀夫はいかにも恥ずかしそうに微笑むのだ。よう久しぶり。おお久しぶり。由紀夫の横には彼とまったく同じ汚れ方をした作業服姿の連れがおり、丈雄はかつての自分を見るような目つきで由紀夫と対照的なその小柄な人物を見て、少なからず好意的な興味を抱く。演奏がはじまり、狭い場内は人間で犇《ひし》めきはじめる。事件はこのすぐ後に起こる。暴れるように踊る群衆の中、ただでさえ丈雄の体は四方八方へ突き飛ばされるのだが、あるとき急に、彼は異様な衝撃をその背中に受け取るのだ。気のせいかと思いきや、再び激しく突き飛ばされ、見れば例の由紀夫の連れが、笑いながら丈雄の背に向けてドロップキックを敢行しているのである。言うまでもなく、丈雄はどうするわけでもない。最初、殺そうと思うが、そのうち黙って蹴り飛ばされるようになる。前にふっ飛んで、床に転がりすらするが、丈雄は避けようともせず、その場で体を揺すり続ける誰よりも忙しそうに、人混みの中に由紀夫の、ただ由紀夫の姿だけを探し続けるのである。

　結局由紀夫は見つからない、のではない。会場の隅で椅子に腰かける由紀夫と目が合うのである。気づいたら演奏は終わっており、それどころか誰もいなくなっている。丈雄は重い体を引き摺って家に帰る。

　さらに三ヶ月後、丈雄が知り合い伝えに聞いた由紀夫の最新動向は、もはや別人のそれである。一度鑑別所に入った後、両親の転居に伴い北海道に引っ越したということ。だがその後間もなく、由紀夫の後を追って北海道にやって来た友人と、道内で恐喝した金を旅費に四国まで戻って来たということ。そして勝手知ったる街に戻ってきた二週間後、盗んで運転していた車が山奥のトンネルの内壁に衝突し、乗員五名すべて意識不明の状態で逮捕されたということ。幾つかの余罪（日常的に繰り返された恐喝、窃盗、暴行事件）が明らかになり、再び北海道に強制送還された後は、まるで穏やかなものである。その地のヤクザから押し売り同然で買わされた札幌市内のスナックの経営が火の車で、それでも何とか一生懸命やり甲斐を感じながら忙しくやっているということなのだった。以来、由紀夫について丈雄は何も知らないし、知るべくもなく、また知ろうともしない。

その後の丈雄の人生は順風満帆なものである。現役で大学受験に成功した後、都内の一流大学を卒業し、全国紙へ記者として入社、五年に亘り中部地方の支局に勤めた暁に、その地での取材をきっかけに知り合ったバレリーナと結婚する。素晴らしい女性で、あらゆる観点から丈雄は尊敬しており、身も心も絆されんばかりに、その機会さえあれば自分を彼女のための犠牲に出来ないものだろうかといつもタイミングを窺っている程である。かつて丈雄の地元の男であれば誰もが羨むばかりのあの少女、あの街の天才的な美少女とは似ても似つかずの存在だが、逆に今となってはなぜあのような人物に自分は惹かれていたのか全くわからないと丈雄は思う。何年か前に、地元の友人から見せられたそのかつての恋人のグラビアDVD――上京した末にアイドルデビューし、確かに街を歩いていればスカウトを受けない方がおかしい感じではあったのでそれ自体は丈雄にも別段驚くところのない、納得のいく展開であったものの、ご多分に漏れず、水着姿からのデビューで――その映像を見る限り、何とも精彩を欠いた、ただのアイドルでしかないような安っぽい笑顔を振りまくだけの人物に成り下がっていることに彼は驚いたものである。たぶん、今あの女に面会するようなことがあれば、自分は彼女と、彼女以上につまらない話をしてしまうことだろう。相手の目を見るか、見ないか、そんなことはもう一切考えもせずにだ。

間もなく丈雄に転機が訪れる。妻が妊娠し、当の彼女が子育ては実家のそばで行いたいと申し出て来るのである。異動が告示されるのも時間の問題だったので丈雄は迷わず辞職し、その後は妻の実家の家業である新聞配達を手伝いはじめる。間もなく息子が産まれ、雨の日も雪の日も懸命に働く丈雄の姿は、理不尽な美しさが感じられなくもない。たぶん丈雄はこう考えている。雨の日もまた素晴らしい。雪の日もまた素晴らしい。俺はあの新聞社という機構の中で記者職に漠然と身を委ねていたが、あれもまた配達の一種に違いないとなぜ今の今まで気づかなかったのだろうか。

まだ暗い早朝、カブに乗った丈雄は担当のマンションへ配る前に必ず屋上を見上げながら建物に近づく。彼は人間が一日のうちで最も飛び降りるピークが朝の四時台にあると知っているのである。実のところ新聞配達人にとっては別段珍しいことでもないのだが、丈雄は二度もその現場に出くわしている。一度目は突然の出来事で為す術もなかったが、二度目はそうではない。若い女性が真っ青な顔をしてマンション内を徘徊していたのを見つけたので、これは、と思い声をかけるのだ。すると彼女はその場を立ち去り（実際どういうつもりでうろついていたのか確信が持てるわけではなかったが）、何にせよそのときは事なきを得、その建物の配達を終える。だがその次に、隣のマンションの配達を終えたとき、いつの間にか戻って来ていた六階の非常用階段に立つ女性とちょうど目が合うが、もはや後の祭りである。落下後、急いで駆け寄ると、ランニングシューズを履いた男性が既に慌ただしく蘇生術を試みているところで、自分は看護師だと言うその口を見ると、上の前歯が一本半ほど無かったので、丈雄はこの人は直撃したんだと思う。だが後になってあの人はぶつかったのではない、ぶつかっていたら死んでいるに決まっている、つまりあの人は、歯が抜けていただけなのだ、そう気づくのだった。

このときの出来事がきっかけということでもないが、配達中の丈雄は以後三回も人の命を救うことになる。一度はまさしく飛び降りを未然に防ぎ、あとの二度は独居老人が室内で倒れているのを、夕刊配達時に朝刊がポストに残ったままであることに気づいて、いち早く通報するのだ。医者でもなく、また医者のようにその業績を知られることもなく、ただ丈雄は人命を救い続けるのである。もちろん、彼は医者ではないからして、自分が人を救っていることにはほとんど気づきもしない。

かれこれ三年近く、丈雄は体調管理のため近所にある小さなボクシングジムに通っていて、それなりに熱中してもいる。最初はボクササイズだけのつもりだったが、周りの練習生を見ているうちに本格的な練習にも興味を示しはじめ、今では月に何度かは真剣なスパーリングをやりさえする。ジャブの腕前はなかなかで、上下に打ち分けるだけでなく、時折交えるストッピングジャブと、フック系を主体にした攻撃性のあるコンビネーションで見栄えよく相手を翻弄していく。

近代ボクシング自体は野性から離れていくような行為に他ならないが、どういうわけか夜眠ると、ときどき、終始腹が立っているだけの夢を見ることがある。明らかに無辜《むこ》の人間を（ときには仕事上の面倒な人を）殴り飛ばし、殺すかという程殴り続け、あるいは死んでからも尚盛んに殴るという夢である。ときに相手の体の一部をちぎり取りさえする。腕を引きちぎり、出来れば脚を引き抜いて、目玉を刳《く》り貫き、本当に激しいときは相手の首をもぎ取ってしまうのだ。起きてからも尚いらいらしている程で、大抵そういうときは疲れているか、あるいは冷房が効き過ぎていることに気づいていないかのどちらかである。なににせよ、丈雄は明らかに人生の幸福の絶頂期にいるのであり、彼なりにそのことを自覚してもいる。

そんなある日、事件が起こる。スーパーの混み合う駐車場で小競り合いに巻き込まれるのだ。結果から言えば、警察が仲裁に入り事なきを得るのだが、後味は最悪である。運転席に妻と、後部座席に赤ん坊を残し、買い物カートを戻すだけのために丈雄がほんの十五秒程度その場を離れた隙に面倒が起こってしまう。駐車場に入って来た車が、丈雄の妻が意味もなく停車を続けていると思い込み、激昂するのである。そこには同情を差し挟む一切の余地もない。相手の車、トヨタの黒いファミリータイプのバンを運転するのは四十がらみの男で、大柄、助手席に同じく妻、後ろには二、三人の子どもを乗せている。前世から私怨をため込んでいたとしか思えぬもの凄い剣幕で、まるで犬の亡霊のような目つきで、丈雄の妻へガラス越しにまくしたてるばかりか、戻って来た丈雄に車の中から罵声を浴びせ、それだけでなく最終的に降車して彼の襟元を摑み、ほとんど首を絞めんばかりに揺さぶるので、さすがに丈雄が払いのけたところ、分厚い掌で彼の頰をはたきさえしたのだ。事態が収束した後、先月も同じ駐車場でまったく同じ事件を見かけたと丈雄の妻が言ったとき、丈雄はこう思っている。あの男の抱いた不条理な怒りというのは実のところあの男自身にではなく、あの駐車場、あるいは車社会、ともすれば社会全体を構成する一部分、重要な一欠片《ひとかけら》なのかもしれない、そうでなければあまりに不条理過ぎるではないか。むろん、男から三度か四度丈雄が頰を叩かれた後の展開は火を見るよりも明らかである。丈雄の競技者としての野蛮の技術が余すところなく発揮されるのだ。物の見事に相手は崩れ落ち、地面に突っ伏し、交尾中のトドを思わせる嗚咽《おえつ》を発し過呼吸に陥る。男の家族が気の毒なのは言うまでもない。夫であり父である暴君が、目の前で、自らの悪業に組み伏せられるのである。ほとぼりが冷め、丈雄も、彼の妻も、笑いに満ちた余興だったことを確認し、まずまずの一日だったと締めくくりさえする。

翌週、丈雄の元に手紙が届く。以前飛び降りを踏み留まらせた男性からで、今では元気にやっており、何度もありがとう、ありがとう、と書いてある。その晩、何の前触れもなく丈雄は不思議な夢を見る。もう十五年も会っていない、今では思い出すことも無くなった由紀夫が出て来る夢で、にも拘わらず、夢の内容自体は見ている最中も見終えた後も何がなんだかわからないものである。あるいは、夢など見ていなかったのかもしれない、そう思われる程だが、丈雄は目覚めたとき、自分が由紀夫に許されない、と思っているのではなく、由紀夫を許せない、と思っていることにはじめて気づくのだ。

いったい、今思えばどうということもない、実にささやかなあの人間関係が、どうして今になって現れてくるのだろうか。これまでの人生の長さからしてみれば、由紀夫のいたほんの二年間が、あの不毛な時間が、いわば空白としか言い表せぬあの人生の一部分が、どうして自分の人生の本体に拘わることが出来るのだろうか。誰もがそうであるように、あれ以上の辛酸を舐め、あれ以上の決断を迫られてばかりのその後の人生が、あの取るに足らぬ時代の前においてはどんな主張も出来ないのが、当の丈雄には不思議でならない。彼はこう思っているのだ——一欠片の空白が人生の象徴となるようなことはあるのだろうか？

この一週間後、丈雄は由紀夫と再会することになる。まるで人生が偶然を引きつけるのではなく偶然こそが人生を引きつけるとでもいう風で、二人の出会いは必然に見えなくもない。盆暮れの帰省時に、丈雄が赤ん坊の息子を連れて地元の夏祭りに赴いた際、逢魔時《おうまがとき》とでも言うべき時刻に、屋台の連なる歩行者天国で、向こうから歩いて来た由紀夫と出くわすのである。よう久しぶり。おお久しぶり。丈雄は息子を黒い布に包んで首から提げており、中の赤ん坊はぐっすり眠っているのか声を上げず、ぴくりとも動かない。一方の由紀夫は背の低い、恐らく年下の、桃色の浴衣姿の恋人と仲むつまじそうに手を繋いでいる。ヤクザか、あるいはヤクザまがいの、あの恐ろしく屈強な骨格に今では威圧的な贅肉のついた、カタギではないと一目でわかる風貌の由紀夫の現在を、いつか丈雄は想像していたものだが、実際はそうでなく、驚く程かつての由紀夫、肥っているわけでも、目つきが別段悪くなっているわけでも、なにか彫り物が入っているわけでもない、黒髪で、色白で、最初に出会ったときそのまま、ともに期末試験を受けたその日のままの原由紀夫なのである。見るからに真っ当な社会人として生きている風の由紀夫に、丈雄は確かな既視感を覚えつつも、だからがゆえに驚かざるを得ない。たぶん丈雄はこう自分を振り返っている。あの日から今日まで、自分の抱いてきた由紀夫にまつわる想像力のすべては、つまり暴君由紀夫の地獄巡りの想像は、一つも一度も、由紀夫を表し得ていなかったのだ。

由紀夫はかつての親しい間柄がそのまま持続しているとでも言うような語り方で、あるいはそれ以外知り得ないとでも言うべき丈雄へのお馴染みの喋り方で、昔という一言でかつての時間を全て言い表し、昔はまるで「うっかりミス」ばかりだったと話した。そうだ、まさしくそうなのだ、丈雄はそう思い、それから同じ言葉を口にする。丈雄は、こう思っている。あの頃、自分は何の決断も、何の理由も、何の悪意すら持てずに過ごしていただけなのだ。それがうっかりミス以外のなんなのだろうか？　それでいてしかし丈雄は、人間はそのうっかりミスの上でしか生きられないのだと知っているようでもある。

二人の再会は殊の外微笑ましく、どこか恥じらいすら感じられなくもない。そして特筆すべきことはそれ以上に二人の別れが穏やかなものだということである。まるでお互いのかけらでも交換するように二人は握手をするが、連絡先を交換するわけでもなく、また内心、いつか会うとすら思っていない。またね。うんまた。二人のすれ違いは一体偶然と言うべきなのだろうか？　彼らは振り返りもしない。丈雄は、もう知っているのだ。いまいた由紀夫は、自分の知っているかつての由紀夫の幽霊なのだと。そして他ならぬ自分こそ、いつかの自分の幽霊でしかないのだと。当然ながらこの後、二人が再会することは永遠に無い。それでも丈雄はときどき、ふとした瞬間に、最後に握手をした由紀夫の、あの指先の欠落を、今では忘れてしまった自分自身が思い出す形で感じることがある。

わたしは
お医者さま？

松田青子

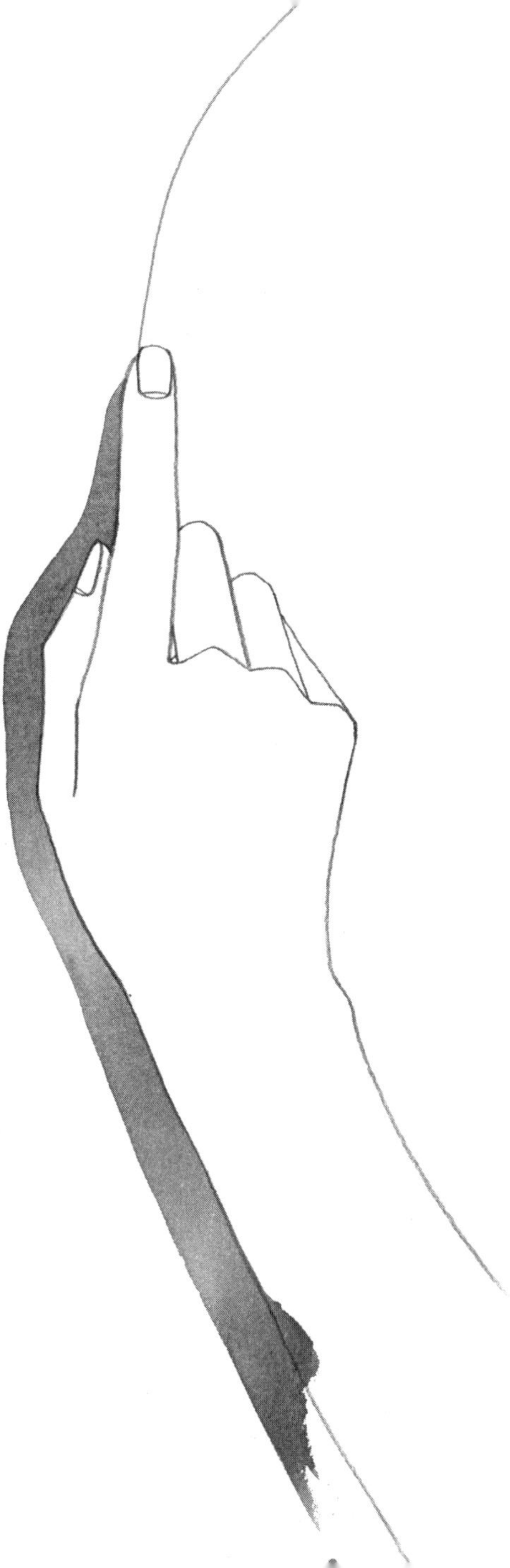

コラム――村上春樹、そして私

「あなたお医者さま?」のこと

松田青子

まつだ・あおこ　一九七九年、兵庫県生まれ。小説家・翻訳家。小説に『スタッキング可能』、『英子の森』(以上、河出書房新社)、童話に『なんでそんなことするの?』、訳書にアヴィ『はじまりのはじまりのはじまりのおわり』(以上、福音館書店)がある。

十代の終わりか二十代のはじめの頃、村上春樹訳のレイモンド・カーヴァー『ぼくが電話をかけている場所』を読んだ。その中に収録されている作品に、「あなたお医者さま?」という短編がある。

ある男に、知らない女から電話がかかってくる。見知らぬ二人は言葉を交わし、男はなぜか女の家を訪れることになる。自分のアパートにいる初対面の男に彼女は聞く。

「あなた、お医者さま?」

彼は答える。

「いや、私は医者じゃないです」

それからだいぶ経って、私は子ども英語教室の講師をしていた。昼過ぎから夕方まで、いろんな年齢の子どもたちが、次々に教室に訪れた。

年少の子どもたちには、簡単な英単語を覚えてもらうために、アルファベットのカードやカラフルな絵が描かれたカードでゲームをしてもらう。あの頃の私は、新しいゲームを思いつくことにひたすら全力を注いでいた。いまでも時々、もうすぐ子どもたちがやってくるのに、何も準備ができていなくて焦る夢を見る。

職業のカードもあった。様々な職業の格好をした動物たちのカードで、人気があった。まだ文法を学ぶ前の子どもたちとは、そのカードでカルタや絵合わせをした。文法を覚えはじめた子どもたちとよくやったのは、インディアンポーカーだ。

クエンティン・タランティーノの映画『イングロリアス・バスターズ』にも出てくるこのゲームは、自分に回ってきたカードに書かれた職業を、ほかの人たちに質問をすることによって絞り込んでいく。自分のカードに何が書かれているか、見てはいけない。

ある日、医者のカードを顔の前にかざした女の子が、「アム　アイ　ア　ドクター?」と言った。正解。ほかの子どもたちが、「イエス!」と一斉に叫ぶ。その時、昔読んだ「あなたお医者さま?」が頭の中にふっと浮かんだ。

子どもたちが帰った後、散乱したカードを片付けたり、掃除機をかけたりしながら、いつか「わたしはお医者さま?」という小説を書こうと思った。

わたしはお医者さま？

「わたしは男でしょうか？」

おずおずとした声が暗闇に小さく放たれる。一筋の光だけが、声のするほうを指している。

続いて、

「いいえ」

「違います」

「うーん」

ぽつぽつといろんな方向から声が上がり出す。

少ししてから、

「一概にそうとは言えないのではないでしょうか」

という幾分確信に満ちた声がある方向から聞こえてきた。

一瞬の空白の後、

「そうですね」

「うんうん」

「そうだ」

と皆が納得の相づちを打つ。

「なるほど」

はじめのおずおずした声が、首を傾げながらも頷《うなず》く。

「わたしは女でしょうか？」

すぐ隣の暗闇から、枯れた、低い声が上がる。水分が限られているので、今では全員が枯れ枝のような声になっていた。当たり前だが、この部屋の空気は乾燥している。

「もちろん」

「間違いようがないですね」

と、一斉に同じトーンの声がさえずる。

「なるほど」

声にいくばくかの潤いが混じる。


「わたしは…」

「しかし、一概にそうとは言えないのではないでしょうか」

次の暗闇から生み落とされた声が、一瞬でさえぎられる。さっきの、幾分確信に満ちた、あの声だ。

全員が困惑している様子が、空気を伝わってくる。与えられた明快な解答を一瞬で奪われてしまった
さっきの質問者も戸惑って、もう一度口を開く。

「そうなんですか？」

「まあ、確かに、めずらしいケースとはいえ、まったくないとは言えませんねえ」

「言われてみれば、前にそういう映画を見たことがあるような気がします」

「ああ、それ、わたしも見たことがあります。興奮しました」

「ええ、当時付き合っていた彼女なんて大喜びしてしまって、一緒に見に行ったわたしはすっかり不機嫌になってしまいました」

乾いた、小さな笑い声が闇に響く。

「そうですか」

さっきの質問者の声は半信半疑のままだ。一度中断された次の質問者が元の流れに戻そうと先を続けようとしたとき、全然違う方向から声が上がった。

「しかし、これではゲームにならないじゃないですか」

私は今までしていたのと同じように、声がした方向に、懐中電灯を向ける。この建物にはもう電力は届いていない。ほとんどの建物に届いていない。何人かの顔を間違って通過した後、（自分は違うよと首を振ってくれた）、細い光が、一人の顔を幽《かす》かに浮かび上がらせる。その人は続けた。

「いいですか、ゲームというものは、ある程度明快なかたちにのっとって行われるべきですよ。必ずしもそうとは言えないというのは、すべてにおいて言えることですが、そこは目をつぶって、まあ、一般的にはそういうものだと割り切らなければ、できるものもできないでしょう？　所詮はゲームなんですから」

「もちろん、それはそうなんですが」

確信に満ちた声の人が確信のなさそうな声で言う。

私は急いで、その人の顔を照らした。恥ずかしいからという理由で顔の前に紙切れを掲げるにとどまる人が多いなか、律儀におでこに白い紙を貼った姿が、伝統的な中国のゾンビを思わせた。あれは何というものだったか。確か、キョンシー？

確信を失った声の人は、勇気を振り絞るようにして、話しはじめた。話しながら、息を吸い、吐くたびに、小さな白い紙が前後に揺れた。

「わたしは、あまり好きではありませんでした。そういう、何かのために、すべてをわかりやすいかたちに削ぎ落としてしまうことが。そこからこぼれ落ちるものを、ないもののようにして平然としていることが。わたしはそういうのが好きではなかったんです。それなのにわたしはだまっていました。わたしはだまるべきではありませんでした。なぜならわたしは教師だったのです。わかりやすさにフィットすることができない生徒たちが悲しい顔をしているのに、わたしは見ないふりをしていました。気づかないふりをしていました。ゲームが成立しないから、授業が円滑に進まないからといって。わたしは後悔しているのです」

これは私の推測に過ぎないが、確信を失った声の人は、白い紙の向こうで唇を噛んだようだった。乾燥した唇に血がにじむ……これも私の想像だが。あちこちから慰めの声が上がったので、私は懐中電灯で一つ一つ声の発生源を追うのを諦めた。

「わかります、その気持ち」

「ええ、わたしもわかります」

「ここにいる人たちはみんなあなたと同じように後悔していると思いますよ」

「本当によくわかります」

「いやね、わたしだって、わかっていますよ」

ゲームにならないと言った人が、取り繕うように話しはじめた。これは長くなりそうだと踏んだ私は、再びその人に懐中電灯の光をあてる。動揺したのか白い紙を顔の前に掲げないといけないことを忘れたらしく、この人の紙は光の範囲からフレームアウトしている。

「ほら、さっきの方の、ストリッパーだって、もちろん女の人だけの職業じゃないことは、男の人だっていたことは、そういうお店があったことぐらいはわかっていますよ。それに、はじめの方の、スチュワーデス。もちろん、性別は一概には言えないです。昔は女性の職業だと言われていて、だけどそれが時代の変化とともにフライトアテンダントになって、ええ、ええ、わかっています」

暗闇のなか、蛍のように鈍く光るその人は、唇を震わせる。

「それにわたしだって後悔しているんですよ。どうしてもっと自分ができることをやらなかったのかとかね。手遅れになる前に。もういい年だったのに、どうしてずっと人ごと気分だったのかとかね。ただもう今のこの状況じゃあ、いいじゃないですか、そんなこと。ここには将来性のある小さな子どもたちもいませんし、頭の凝り固まった、今さらどうしようもない、わたしたち、大人だけですよ。今こそ、何も考えずに、ゲームをするべきときなんじゃないですかね。気楽にいきましょうよ、気楽に」

その人は自嘲気味に微笑むと、話を終えた。空間に沈黙が訪れた。私は懐中電灯の電源を一度切った。空間に、本当の暗闇が訪れた。

私たちの頭上のそんなに遠くないところで、たくさんの革靴が走っていく音が聞こえる。がっしりとした、黒い革靴が土煙を上げながら、走っていく様子を私は想像した。革靴はカーキ色のズボンにつながっている。カーキ色のズボンは、カーキ色の上着につながっている。その上を想像しようとしたが、無理だった。カーキ色の上着とズボンと、黒い革靴を身につけた、顔のない誰か。顔のない誰かたち。

「そうですね、もう、気楽に、ですよね」

確信を失った声の人が、再び確信に満ちた声で静寂を破った。その人が上げたムードを補強するように、言葉が暗闇に張り巡らされる。

「そうですね、楽しみましょう」

「ね、そうしましょう」

「あの一ついいですか?」

また別の声が、均衡を保とうとしたムードを乱す。私は空中で光のジグザグを描きながら、目的地にたどり着く。自分の顔に光が到着したことを確認した声の主が話を続ける。

「というかですね、もう性別の質問はなしでいいんじゃないですか。よく考えたらその質問がなくても、答えにたどり着けますよね。そもそも、一概に言えない、が多かったですし」

なぜ気づかなかったんだろうという空気が場を包んだ後、賛同の言葉が溢れ出した。

「それがいい」

「はい、それがいいですね」

「そうしましょう。せっかくですし」

「そういえば、わたし、先ほどあなた方の答えをばらしてしまいました。本当にすみません」

申し訳なさそうな声に、皆のフォローの声がかぶさる。

「いえいえ、やり直せばいいじゃないですか」

「時間はたっぷりあるんだし」

「じゃあ、改めてもう一度はじめましょう」

誰かが、使いさしの古びたノートからページを破りとると、人数分にちぎっていく。誰かが、手を這わせて、テーブルの上に転がっているちびた鉛筆のありかを突き止める。暗闇のなか、一人一人紙の大きさを把握しながら文字を書いては、隣の人に鉛筆を手渡していく。


「わたしは物を売る仕事ですか？」

「いいえ」

暗闇に浮かび上がる〈消防士〉という言葉を見て、皆が一斉に答える。私はすぐ隣の人に懐中電灯の光をずらす。

「わたしは歴史上の人物ですか？」

「いいえ」

質問者が掲げる紙には、〈幽霊〉と書いてある。これは書いた人が悪いな、とどこかで誰かが一人ごち、質問者が、えっ、と不安そうな声を漏らす。私は光を移動させる。

「わたしは誰かの命を救いますか？」

その一言に、皆がはっと息を飲む。心はまだ圧倒されたまま、はい、そうです、と条件反射のように口だけが動く。その返答を聞き、得心したとばかりに質問者が、畳み掛けるように続ける。

「わたしはお医者さまですか？」

「正解です」

皆がぱちぱちと手を叩く。これまでで一番の盛り上がりとなった。もちろん、大きな声は出せないが。感づかれたら一巻の終わりだ。

「どうしてすぐわかったんですか」

「いやね、霊感っていうか、急に質問が降りてきましてね」

「すごい」

「今までで最速じゃないですか、この記録」

「やりますね」

「さあ、あなた、懐中電灯の係、退屈してきたところじゃないですか、代わりましょう」

正解者が私に向かって、手を差し出す。私はその人に唯一の光源を手渡すと、言う。

「ありがとうございます」

私は手のストレッチをしてから、いざと腕まくりをする。

「わたしは夢を売る仕事ですか？」
「いいえ」（銀行員）
「わたしは何かを育てる仕事ですか？」
「はい」（飼育係）
「わたしの仕事はデスクワークですか？」
「はい」（閻魔《えんま》大王）
「わたしは何かを守りますか？」
「はい」（灯台守）
「わたしは働き者ですか？」
「いいえ」（引きこもり）
「わたしは人の注目を集める仕事ですか？」
「はい」（殺人鬼）

ゲームは順調に進んでいった。お医者さまか。私はさっき自分が正解した仕事を思って可笑《おか》しく思った。お医者さま。実際の私はピザ屋の配達員だった。くる日もくる日も、私は丸いピザが入った平べったい四角い箱を届けて暮らしていた。あの頃は、なんとなくやっていた仕事だったけど、今ではは無性に懐かしく思った。私たちが、いつ終わるともしれない時間のクロスワードパズルを、ただひたすらゲームをすることで埋めていくようになってどれくらい経っただろうか。思い出そうとしたが、よく思い出せなかった。時計を最後に見たのももうずっと前のような気がする。はじめは延々としりとりをしていたが、誰かが引き出しに紙と鉛筆を見つけてからは、この職業当てゲームに落ち着いた。ゲームの中で、私たちは、次々と違う職業の人になった。大統領になったり、歌手になったり、サラリーマンになったりした。

「わたしは力仕事ですか?」
「いいえ」(修道女)
「わたしは芸術的な仕事ですか?」
「はい」(フィギュア制作者)
「わたしは悪い仕事ですか?」
「はい」(政治家)
「わたしは制服を着ますか?」
「はい」(修道女)
「わたしはいつも同じ場所にいますか?」
「いいえ」(パイロット)
「わたしはスポーツ選手ですか?」
「いいえ」(修道女)

「わたしは…」

「なんですか、その仕事は？」

たった一人うれしげに腕まくりをしている人が顔の前に掲げた紙を見た人たちから、口々に困惑の声が上がる。

「わ、ほんとだ」

「なんですか、これ」

「やれやれ」

「おふざけはなしですよ、まったく」

「えっ？」

質問者が困った声を出す。質問者の紙切れには、〈ペンギンナデ〉と書いてある。

「いえ、ふざけたわけではありません」

声がした方向に、私は急いで懐中電灯の光を向かわせた。これは一大事だ。穏やかな顔が浮かび上がる。皆がその顔に集中しているのが、暗闇でも伝わってきた。

「これはわたしがつくった仕事です。わたしはこういう仕事がしたいと長年思っていたのですが、なかったので仕方なくほかの仕事をしていました。すごく残念に思っていました。だから、せっかくなので、あたかもあったかのように書いてみました」

言うと、発言者は微笑む。

「なんですか、それは」

「勝手なことを」

言いながら、皆どうしても笑うのを我慢できなかった。くすくす、から、くくくに、笑い声が変化していく。もちろんヴォリュームに注意しながら。

「どういう仕事なんですか、これは?」

懐中電灯で拾えなかった誰かの声が聞く。楽しくて仕方ないという声音だ。穏やかな顔が至極真面目に答える。

「これはですね、文字通り、ペンギンをなでる仕事です」

「ふむ」

皆が各々頭の中でその仕事を想像しはじめた。これは私の推測だが、多分そうだと思う。もしマンガのようにふきだしを出すことができたら、それぞれの想像した〈ペンギンナデ〉を見ることができただろう。

「それは、動物園の飼育係と一緒じゃないんですか?」

誰かが疑問を投げかける。〈ペンギンナデ〉を想像することに夢中になっていた私は、懐中電灯係としての職務をすっかり忘れていた。急いで、声を光で追う。

「違います。この仕事は、ペンギンをなでてあげるだけです。ほかの仕事は一切しません。ペンギンをなでる、その一点に特化した仕事です」

それぞれの想像図をより具体化せんと、皆が口々に質問しはじめる。

「その仕事は男の人でも女の人でもできるんですか?」

「もちろんです、性別は関係ないですね」

「なるほど。それで、お給料はどのくらいなんですか?」

「もちろんペンギンをなでるだけですから、そんなに高給は期待できないと思います。飼育員をはじめとする動物園関係者にも、最初は誤解されることもあるでしょう。なんだ、あの仕事は、と。けれど、ペンギンの機嫌が良いというのは、やはり動物園にとって重要なことだと思うのです。ペンギンがふてくされて後ろの小屋に隠れていたりしたら、お客さんはとても落胆するでしょうし、それは動物園にとって大きな損失となるでしょう。そんなことがないように、ペンギンナデ係が、精魂込めて、ペンギンをなでて差し上げるのです。動物園関係者も、徐々にわかってくれると思います、この仕事の重要さを」

「何か資格はいるんですか?」

「いえ、必要なのは、ペンギンへの愛、それだけです」

皆思った。〈ペンギンナデ〉はいい仕事だと。自分もやってみたいと。ペンギンの濡れた毛の手触りを、小さな後頭部の愛しさを、羽から落ちたしずくがぽとぽとと落ちるのを想像しては、うっとりした。気がつくと、皆〈ペンギンナデ〉という仕事を開発した人に向かって、惜しみない拍手を送っていた。恐縮しながら、〈ペンギンナデ〉の人が言う。

「すみません、変なことをしてしまって。これじゃゲームやり直しですね」

「いいえ、ゲームチェンジャーですよ、あなた、これは」

「ええ、すばらしいです」

皆が、その人の勇志を褒め讃えた。さらに恐縮しながら、その人は私に手を差し出す。

「じゃあ、次はわたしが懐中電灯係です」


次の回から、ゲームは一気にワイルドになった。皆解き放たれたように、糸が一本切れたかのように、自分がなりたかった職業を書いた。書いた本人以外は、誰もどんな仕事か答えることができない仕事。誰かのいつかの夢の仕事だ。普通の仕事は一つもなかった。私のせいでこんなことになったのを申し訳なく思う一方、皆楽しそうなので良かったと思った。

私は、次の人に懐中電灯の光をあてる。〈ムシノオシラセ〉という文字が、暗闇に浮き出てくる。

「それはどういう仕事ですか?」

その仕事が書かれた紙を持った人とはぜんぜん違うところから質問の声が上がり、またぜんぜん違うところから、それはですね、と声が上がる。紙を持った人は、ただにこにこと自分に当たった仕事について耳を傾けている。ただの紙を持つ係になっている。

「これはですね、どれだけ注意深くしても、どこからか本の中に湧いてきてしまう虫、つまり誤植を発見して、報告する仕事です。ついついそのままになってしまう虫が多いですからね。こういうのは、プロフェッショナルの仕事として、じっくり一匹一匹捕まえていくのが、一番いいんですよ。本を読んでいて誤植が見つかるとがっかりしますからね」

「お給料はどんなもんですか?」

「それが完全なる歩合制でしてね。一つ誤植を見つけたらいくら、という風な感じです。だから〈ムシノオシラセ〉の職に就いた人は皆必死です。困ったもので、そのうち正しい言葉も誤植に見えてくるんです。間違った虫を捕まえると問題になりますから、そこはしっかりしなければなりません」

「気が狂いそうな仕事ですね」

ある人の感想に数名がうーん、そうですねえ、と頷く。私もこれは少し大変な仕事だなと思った。

「でも細かい作業が好きで、一人好きの人間は楽しんで続けることができる仕事だと思います。わたしはそうやって年を取れたらどれだけ良かったか」

〈ムシノオシラセ〉になりたかった人は、ため息をついた。この人は人材会社の営業マンだったそうだ。

「わかります、わたしも細かい作業が好きで好きで」

あまり賛同が得られず傾いていた天秤を、ある人がぐいと引き上げた。私は声の出所めがけて光を放つ。

「サヤエンドウの筋やみかんの白い筋、リンゴの皮や栗の皮など、人によってはむくのを面倒くさがりますが、わたしはそういう作業が大変好きでした。息子なんかももう大人のくせに面倒くさがって食べようとしないのでね、わたしがついついむいてあげてしまったものでした。けれどそれはとても幸せな時間でした。これだけやっていたいと、わたしはよく思ったものです。息子のために、ただただ栗の皮をむいていたいと」

その人の、幸せな瞬間を内包した声は、私たちがそれぞれ覚えている幸せな思い出を頭の中に甦らせた。それから、浮かんだ光景がどれだけ遠くなってしまったかに思い至り、一瞬胸が潰れそうになった。

　私は急いで、次の人の、顔のあたりを光らせた。

〈街角の会話記録員〉

　すぐに歓声が上がった。

「これはもう字面からして良さそうですね」

「伝わってきますよね」

　各々が感想を述べた。ひとしきり落ち着いた後、この仕事の開発者が、語りはじめた。私はその顔を照らす。

「前から思っていたんです。こんなに面白い会話が街中に溢れているのに、誰にも気づかれず、消えていくのはなんてもったいないことだろうと。電車の中で、ふと入った喫茶店で、仕事帰りのスーパーで、職場で、奇跡のような会話に出会うことがあります。それを話している人たちでさえ、自分たちの会話のすばらしさに気づいていないようです。なんとか残しておきたいと思い、わたしはメモを取るようになりました。メモを取りだしてからわかったのですが、わたしには人の会話のヒアリング能力、そして書き写す才能がありました。一語一句間違えることなく、息を継いだ箇所さえ完璧に、わたしはノートの上に再現することができたのです。わたしは街の会話をメモすることに夢中になりました。願わくば、これが仕事だったらいいのにと思っていました。これはわたしが生涯で唯一やりたかった仕事です」

　聞きながら、私たちはそれぞれ、いつかどこかの街角で聞いた、知らない誰かの一言を、思い浮かべていた。面白かったり、びっくりするぐらいつまらなかったり、思ってみたこともないようなことだったり、うん、確かに、あれは心に残る一言だった。どうして忘れていたんだろう。この人のように、メモを取っておくべきだった。私がこの世に残すべきだった。多分、私しか聞いていない一言だったのに。

「今までのところ、全部、いい仕事ばっかりですねえ」

誰かが感に堪えないといった声で言う。賛同の声がすぐに続いた。

「なかったですよねえ、こういう仕事」

「ええ、なかったです。どこかにあったとしてもできないままでしたね」

「やりたい仕事が一つもないなあとずっと思っていたんです」

「わたしもです」

「そうしているうちに、すべての仕事がなくなってしまいましたね」

「ほんとにね」

「こんなことになるなら、勝手に自分でつくった仕事をやっておけばよかったです」

私だけじゃなくて、皆やりたい仕事じゃない仕事をしていたのか。どうしてやりたい仕事がこんなにないのか。どうして何かにならないといけないのか。漠然とずっとそう思ってきたが、その気持ちが消えることが一度もないまま年を重ねて生きてきたが、皆そう思っていたのか。私は感慨深く思いながら、発言者に順々に光をあてていった。電池はあと何本残っているのだろう。私は少し心配になった。けれど、今さら電池を惜しんだところで何の意味もない。

〈衿デザイナー〉
〈左利き被害対策局〉
〈鼻歌作曲家〉
〈木曜大工〉

〈左利き被害対策局〉を発表した後、私は前任の懐中電灯係の後を継いだ。この仕事は、いかに世界が右利きのことだけ考えてつくられているかを問題提起し、少しでも左利きの生きやすい世の中になるように活動していくものだ。右利きの人たちは別段気づかないかもしれないが、ほとんどのものが右利きを基準にしてデザインされている。駅の改札から、自動販売機から、紅茶カップを置く向きから、何から何までだ。まったく理解されないかと思いきや、幸い何人か左利きの人がいたおかげで、なかなか好評だった。そして今、私の目の前で、さらに新しい仕事が生まれていた。もう紙をランダムに配ることはせず、自分が書き込んだ紙を、そのまま掲げて発表するようになった。やりたかった仕事はいくつもあった。自分の中にこんなにたくさん未知の仕事が眠っていたことに気づいた私たちは驚いた。私は一人一人を懐中電灯で照らしていった。白い紙に書かれた夢の仕事を、そして一人一人の笑顔を。いつの間にか、皆のためにではなくて、自分が見るために、目に焼きつけるために、私は懐中電灯を操っていた。汗で懐中電灯がべたべたしたが、気にならなかった。

〈夢プログラマー〉
〈無趣味の店経営〉
〈切手専門の額装屋〉
〈猫社長の秘書〉

懐中電灯がべたべたする。さっきまでこの係だったおじさんが、汗っかきだったらしい。私は着ている服で、懐中電灯をごしごし拭いた。働いてみたかったな。新しく懐中電灯係になった私はぼんやりと思った。さっきは〈切手専門の額装屋〉と書いたけど〈お客さんが持ってきた、外国の素敵な切手にぴったりな額を、素材から色から、私がじっくり吟味して選んであげるのだ。本当にこれしかないっていうぐらいぴったりなのを。もちろん私の国の切手も大歓迎だけど、最近は素敵なデザインのが少なくなったから、飾りたいと思うお客さんはあんまりいないんじゃないかな〉、私はまだ大学を卒業したばかりで、一度も仕事に就いたことがなかった。課題が多い学科だったから、バイトだってしたことがない。だから、どんな仕事でもしてみたかったと思う。好きじゃない仕事でもなんでもいいから、何かになってみたかったと思う。

私は、何の巡り合わせか、ここで一緒にゲームをすることになった人たちに懐中電灯の光をあてていく。全部嘘みたいだけど本当のことだ。頭の上で、嫌な音がした後、パラパラと埃や何かゴミみたいなものが落ちてきた。私は顔についたよくわからないものを、頭を振って払い落とそうとしたけれどとれなかったので、手のひらで頬をぬぐった。自分の顔ってどんなだったろうと一瞬思った。どこかで誰かが喉をごくりと鳴らすのが聞こえる。

「もしこの紙が残ってずっと後で誰かに発見されたとしたら、あとの世代の人たちが、すごく間違った認識を持つでしょうね、わたしたちの時代について」

なんとか出した明るい声である人が言う。少しだけ大きな声で、その声のトーンで、私たちを全員包み込もうとしているかのように。糸に通されたその一言のビーズの後に、何人かがさらにビーズを通していく。

「おかしな仕事ばっかりですもんね」

「頭のおかしい人たちばかりだった、これは滅びても仕方ない、と思われるかもしれませんね」

「そう考えると、ちょっと楽しいですね」

「もっと誤解されるような仕事を書いておいた方がいいんじゃないですか」

「ええ、もっと呆れられるような仕事を書かないと」

私たちがつくった数々の仕事を見て頭を悩ます誰かのことを想像して、私たちは笑い合った。目の前には暗闇が広がっていたが、それぞれの顔がはっきりと目の前に見えるような気がした。そのとき私たちは幸せだと思った。推測でも何でもなく、全員がそう思っていることがわかった。に幸せな気持ちになれるとは、誰も思っていなかった。私は一人一人の姿を、声を懐中電灯で照らす、そうだ、あの白い紙に書かなければ、〈懐中電灯係〉と。私は紙と鉛筆を求めて、暗闇に手を伸ばした。

何かが破裂するような、今まで聞いたことがないくらい大きな音がして、このとき、地下室に電気が点《っ》いた。暗闇の中ではっきり見えたような気がした皆の顔が、反対にまったく見えなくなった。どうしてだか何も聞こえない。すごく明るい、と私は思った。

ファイナルガール

藤野可織

コラム——村上春樹、そして私

はじめての性行為

藤野可織

ふじの・かおり　一九八〇年、京都府生まれ。小説家。二〇〇六年に「いやしい鳥」で第一〇三回文學界新人賞、二〇一三年に「爪と目」で第百四十九回芥川龍之介賞を受賞。著書に『いやしい鳥』(文藝春秋)、『パトロネ』(集英社)、『ぼくは』(フレーベル館)、『爪と目』(新潮社)、『おはなしして子ちゃん』(講談社)などがある。

村上春樹をもっともよく読んだのは高校生のときだ。私は小遣いで黄色い背表紙の文庫本を何冊か買い、読み終えるとそのほかの文庫本と同じように自分の部屋や居間に打ち捨てておいた。そのうちに、母親が私の村上春樹を勝手に読み始めた。村上春樹を読むのはそれがはじめてではなかったらしいが、母親は私よりもずっと夢中になったようだった。私は放っておいた。

そんなことよりも私は、そろそろ性的なあれこれを実践してみてもいい頃合いだろうと思っていた。折よく、私を好きだと言ってきた人がいて、つきあうことになった。村上春樹のとある小説では、主人公は私と同じ年頃であった時分、クラスメートと「繁みの中で」「朝日新聞の日曜版」を敷いてはじめての性行為に及んだと証言する。機会をうかがっていた私はなぜかしょっちゅうその証言を思い出し、しょっちゅう「うえええええ」と思っていた。ありえない。そんなの変な虫に刺されるし、インクで汚れるではないか。

ある休日、居間でごろごろしていた私の前に、とつぜん母親が仁王立ちになった。そのころの母親は、村上春樹に夢中になるのと同じくらい私の言動に不信感を抱いていたが、そういうことも私は適当にあしらって済ませていた。母親はおそろしい顔で言った。

「村上春樹の小説ではあんたくらいの年の子がほいほい男の子と関係を持つけどな」

私は寝転がったまま、んああ、と相槌を打った。

「あれはぜんぶ小説の中のことやからな。小説やしええねんで。わかってるな」

私はまた、んああ、と言った。

「わかってるな」母親は念を押した。

私は「うえええええ」という顔をしてから「わかってるって」と返事をした。例の「繋み」と「朝日新聞の日曜版」についての証言を思い出すのは、ずいぶん久しぶりだった。そして、やっぱありえへんよな、ぜったい変な虫に刺されるやんな、まあでもお母さんの言うとおり小説の中のことやしな、と思った。

ファイナルガール

リサの母親は三十歳くらいで死んだので、リサは自分もそのあたりで死ぬだろうと思った。死に方も決まっているような気がしていた。リサの母親はリサを守って死んだので、リサだって自分の娘を守って死ぬにちがいない。そのために、そのときまではなんとしてでも生き残る。リサには強固な意志があった。

でも、ふだんの彼女は、精神的にも肉体的にも平凡そのものだった。リサはあらゆる意味で控え目な少女に見えた。率先してなにかをはじめることはないが、はじまったものごとに対して背を向けることはなかったし、みんなが羽目を外しておおはしゃぎしているのならひとりだけ静かにしているということもなかった。そんなふうにしていると女の子たちからは敬遠されず、男の子たちからはぼんやりとした好意を向けられるもののむやみやたらに恋愛対象と定められることもなく、するとますます女の子たちから親しまれ、大切な仲間と認められ、楽しい時間を共にすることができる。これは、シングルマザーだった母親が死んだあと、遠縁の老夫婦に引き取られた彼女が身につけた処世術だった。老夫婦は子どもに恵まれないまま年をとった。血のつながりのある子が施設にやられるのはしのびなかったし、わずかな家財でも譲る相手がいないよりはいるほうがよかった。彼らは、とつぜん我が子となったリサに対してどのような距離が適切であるのか計りかねつつも、善意をもってリサに接した。リサの存在が、彼らにとって喜びであることは確かなようだった。リサの母親ほどではないにしても。

だからリサは、彼らに心配をかけないふるまいをすることを自らに課した。老夫婦は、リサが派手すぎないけれど今時の若者らしく身ぎれいに装うのを喜び、少しばかり派手かもしれないけれど今時の若者らしく青春を謳歌していそうな女友達に囲まれているのを目をつぶって許すふりをして内心喜び、高校生になっても決まったボーイフレンドがいないことを少し心配するふりをして内心ではやはり喜んだ。彼女は完璧な養女だった。リサは老夫婦がリサを好きなのと同じくらい老夫婦のことを好きで、彼らに愛されている自分が好きだった。彼女は満足していた。自分を見誤っていた。これがありのままの自分であり、ほかの可能性があるかもしれないなんてことは考えもしなかった。

幼くして母親を亡くすという悲劇に見舞われたにしては、リサにとって人生は御しやすいようだった。彼女は三十歳くらいで死ぬと信じ込んでいたので、とすると、すでに人生は半ばを過ぎていた。彼女は残りの時間で自分がなにをすべきかよくわかっていた。たいして難しいことじゃない。養父母の望みどおり、そこそこちゃんとした成績を維持して大学へ行き、なんでもいいからそこそこちゃんとした職に就く。それから誰かと恋愛をして、子どもを産む。もちろん娘だ。そして三十歳くらいになったら死ぬ。娘のためならそれだってきっとたいして難しくないし、どのような恐怖も乗り越えられるはずだ。彼女は自分自身が恐怖に打ち克つ力を秘めているとは露ほども思わなかったが、母性は信じていた。それが、娘を得ると同時に出産一時金みたいに自動的に供給されるだろうことも半ば信じていた。だから、なにも不安に思うことはなかった。さいごのときには大いなる母性が彼女を輝かせ、燃やし尽くし、すべてを終わらせてくれるだろう。

リサは、母親が死んだ晩の、静かな興奮に大きく見開かれた目をおぼえている。母親は夜更けになってからそっとリサを揺り起こした。声を上げようとしたリサを、母親はやさしく制した。

「リサ、これからママとゲームをしよう。リサが勝ったらなんでも買ってあげる」

彼女は照明を点けないまま、リサを手早く麻袋でくるんだ。じゃがいもやタマネギを入れておくための麻袋だ。リサは麻袋ひとつではもう納まり切らないくらいの背丈があったから、まずひとつめの麻袋のなかに立たせて腰辺りまでを覆い、ふたつめの麻袋を頭からかぶせた。顔を覆うとき、母親は一瞬だけ手をとめてリサの目をじっと見た。暗闇のなかで、リサも母親を見た。母親の目はいつもの倍ほども大きく、白目が青く光っていた。それは、リサの記憶にある母親のなかで飛び抜けて美しい顔だった。

「リサはしばらくじゃがいもになるの。じゃがいもは動かないし、しゃべらないでしょう？　わかる？　ママがいいって言うまでよ。できる？」

リサはうなずきもせず、うんとも言わなかった。ゲームはすでにはじまっていたからだ。

母親は「いい子ね」とささやいて袋越しにリサの頭を撫でた。それから、リサは自分の膝が抱きかかえられ、まっすぐ上に持ち上げられるのを感じた。リサは驚愕した。なぜなら、母親はそのころにはいくらリサがねだっても抱き上げてくれることなどなくなっていたからだ。

「だって重いんだもん。ママにはもう無理」母親はそう言ったものだった。

けれど母親は、リサを流しの上の吊り戸棚に押し込んでみせた。母親のほうでも、リサをほんもののじゃがいもと同等に扱うことにしたみたいだ、とリサは思った。彼女は頭や肩を戸棚のなかの壁に激しくぶつけ、肘や膝は無理矢理折られて乱暴に押されたが、じゃがいもを貫いた。棚の戸が閉まってしまうと、リサは目を閉じた。開けていても閉じていても同じ暗さだから、開けているだけ無駄なのだった。土と埃の混じる空気を慎重に吸いながら、リサは買ってほしいものを頭のなかで列挙した。バービー人形やベレー帽、昆虫の複眼みたいに大きなサングラス。スケートボードやヘッドホンもほしかった。でも同時に、これは夢なんだとも思っていた。夜になると早く寝ること以外要求しない母親が、寝付いた娘を起こすなんてありえない。それに、財布の紐の固い母親が、なんでも買ってくれるとささやくのも非現実的だった。

リサが吊り戸棚のなかで自分が眠っているのかいないのかすらわからないでいるあいだに、母親はアパートじゅうの住人を殺してまわっていた男に体当たりをして、いっしょに六階の窓ガラスを突き破って落ちた。連続殺人鬼は死に、母親も死んだ。細かく砕けたガラスととろとろ光る大量の血痕が、祝福のようにふたりの遺体を取り囲んでいた。リサは六階建てのその安アパートにおけるたったひとりの生き残りとなった。

リサは実は、母親が死んだときの正確な年齢を知らない。養父母に尋ねたこともない。三十歳より若いとは考えにくく、それでも三十五歳を超えているということはないはずだと自分勝手に見当をつけて、それで納得している。

私は今のとおりの私らしい私でいればいい、時が来るまではこのままでうまくやっていける。そう、三十歳くらいで死ぬ間際には母性が手を貸してくれて、別人のように強くなれる。戦える。うまく死ねる。すぐに終わる。人生はかんたんだ。リサは考えているとも知らずにそう考え、特に疑問はなく不足もない。

リサが自分のまちがいに気付くのは十八歳の夏休みだ。

彼女は大勢の友達と森へキャンプに行く。若くて健康で、友達がたくさんいる子なら誰でも行く。そこへ集まる子は、男の子も女の子もみんな自分がもう大人だと思っているが、一方でまだ子どもだということも承知している。そのアンバランスさに途方もない価値があることを知っている。彼らはこれからなんでもできるつもりでいて、実際、まあできるといえばできる。そういう傲慢な者たちを、連続殺人鬼が放っておくわけがない。若者たちが森の丸太小屋で遊んでいると小耳に挟むやいなや、連続殺人鬼は鉈《なた》やのこぎりや斧《おの》やナイフをピックアップトラックに投げ入れ、準備体操をする。彼の肉体は大きく、頑健で、よく鍛えられている。連続殺人鬼が健康を保ち、体を鍛えているのは、もちろんこれから彼が殺す被害者たちのためだ。

この連続殺人鬼は、リサの母親を殺した連続殺人鬼とはなんの関係もない。あの連続殺人鬼は確かにリサの母親が命と引き換えに殺したのだし、この連続殺人鬼は過去の自分の仕業でない連続殺人にはなんの興味もない。そもそも連続殺人鬼はどんな連続殺人鬼だって、生きている命しか殺すことができないのだから、それも道理だ。

夜になる。連続殺人鬼が仕事をはじめる。連続殺人鬼は、あからさまに強く、あからさまに美しく、あからさまに溌剌《はつらつ》としている者から襲う。これは単に、そういった者が目につきやすいからだ。むやみやたらとぎらついている浅ましい生命力が連続殺人鬼を引き寄せる。だから、リサのように能力を秘めている者は必然的にあとまわしにされてしまう。連続殺人鬼は優先順位にはとても忠実だ。

若者たちの戦いがはじまる。ひととおりの逃走と反撃が試みられるも、若者たちの数は順調に減っていく。リサは怯え、まだ死んでいない仲間たちと逃げ惑う。しかし、よく頭脳をはたらかせながら効率的に逃げているわけではないから、彼らは互いにはぐれる。足の速い者、遅い者、持久力のある者、ない者、パニックで方向もわからなくなっている者、方向くらいはなんとかわかる者、視力がよくてきちんと前が見えている者、眼鏡が曇るかコンタクトレンズがずれるかしてろくに前の見えていない者、転んで足をくじく者、靴を片方どこかへ飛ばしてしまう者、それぞれがそれぞれの肉体的条件に応じて散らばっていく。

リサは泣きながら暗闇を駆け回り、枝葉に擦られて傷だらけの二の腕を抱いて丸太小屋に戻る。電気が通っていたはずの丸太小屋は、ブレーカーを斧で破壊されたためにすでに外とまったく同じ暗闇に満たされている。物音はしない。リサは口元を押さえ、泣き声を押し殺す。忍び足で丸太小屋に入る。誰の気配もないが、連続殺人鬼がほんとうにいないのかどうか彼女には確信が持てない。それどころか、連続殺人鬼が生身の人間かどうかすら確信が持てない。リサは、アメフトのキャプテンを務めるクラスメイトが筋肉のかたちがはっきりとわかる腕をしならせ、ボートのオールで連続殺人鬼の後頭部を殴打するのを見た。クラスでいちばんきれいでいちばんモテる子が、髪を振り乱してつかみかかり、連続殺人鬼の股間を数度にわたって蹴り付けるのを見た。抜群の成績を誇る子が、連続殺人鬼が暴れたせいで折れた椅子の脚を、連続殺人鬼の左腋《わき》に突き刺すのを見た。それでも連続殺人鬼は倒れなかった。多少よろめいただけだった。どれも致命傷になってもいいはずだった。なのに連続殺人鬼は脳震盪《のうしんとう》すら起こさず、苦痛のうめき声ひとつ上げず、椅子の脚を引き抜いたあとの腕からこぶし大の血がこぼれ出て床を打っただけだった。

リサはキッチンのシンクにのぼり、吊り戸棚に手をかけて体を支える。吊り戸棚の扉を開ける。彼女はそこによじのぼる。うしろから彼女を押し上げてくれる母親の手はない。これは夢なんだ、と彼女は自分に言い聞かせる。私はまだ小さい子どもで、ママとゲームをしているところ。彼女はしゃくりあげながら戸棚のなかを細かく区切る棚板を外し、床に捨てる。そうしてやっとなんとか体を戸棚に納めることができる。それでも、なかからでは扉を完全に閉めることができない。膝を胸に引き寄せて曲げた状態で横倒しになり、リサは必死に扉の裏側を指で探る。彼女の指先は冷たく、恐怖に震えている。指先だけではなく、全身が細かく震えている。リサは体の奥のほうから震えていて、それをどうにかしずめようと体じゅうの筋肉を強ばらせている。

けれど、彼女の恐怖は、連続殺人鬼に殺されるかもしれないことを思っての恐怖ではない。仲間のうちの幾人かが惨殺される姿を目の当たりにしたからでもない。彼女を今、震わせているのはもっと大きな恐怖だ。必死に耐えながら、まだ彼女にはその正体がわからない。だって、理不尽に命を奪われる以上の恐怖なんて、そんなのある?

こんなのへんだ、とリサは思う。私は混乱している。目を閉じて開けたら、私はじゃがいもの袋にくるまれた泥だらけでも血で汚れてもいない小さなリサかもしれない、そうに決まっている。彼女は目を閉じる。すると、ガラスの砕ける音が聴こえ、リサのまぶたに、粉々になったガラスに包まれるようにして落ちていく母親が映る。それは彼女が実際には目にしたことのない光景なのに、ついさっき目の前で血しぶきを上げた仲間たちよりも生々しい。

リサはうなり声を上げる。かんしゃくを起こして閉まり切っていない扉を蹴り開ける。リサは吊り戸棚から飛び出す。さっきのガラスの砕ける音が自分の想像ではなかったことを、彼女はちゃんとわかっている。あれは、次なる犠牲者を求めて徘徊する連続殺人鬼が、床に散らばったガラスを踏み割った音だった。そして連続殺人鬼は、ちょうど吊り戸棚の前を通りかかったところだった。

リサは、肩車の姿勢で連続殺人鬼に組み付く。首に脚をからめ、渾身の力で締め付ける。空いている両手もおろそかにはしない。彼女は両手の指を連続殺人鬼の両目に突き入れる。連続殺人鬼が叫び、大きな手でリサの手首をつかむ。連続殺人鬼は上半身をめちゃくちゃに揺らして暴れ、リサは吹っ飛ぶ。でも、リサは諦めない。絶対に諦めない。まだ死ぬときじゃない。リサは連続殺人鬼よりも、死ぬ直前の仲間たちが上げたのよりもすさまじい声を上げる。リサはまさにこの瞬間に、自分が何者であったのかを知る。彼女はちっとも控え目じゃない。戦うのに母性なんていっさい必要ない。彼女は自分がこれまで間断なく戦い、突出した才能でもって勝ち抜いてきたことをはっきりと自覚する。養父母のもとで、同年代の子どもたちの集団のなかで見事に生き延びてきたあの日々は、養父母に愛され、仲間たちに親しまれたあのリサは、リサの戦績そのものだ。

リサは起き上がりざまに手近にあった瓶をひっつかむ。テキーラの瓶だ。その瓶で、リサは連続殺人鬼の横っ面をはり倒す。瓶が割れ、テキーラとガラスの破片がいっしょくたになって連続殺人鬼の頭部にぶちまけられる。連続殺人鬼はカウンターに置いてあったカセットコンロに手をつき、体勢を立て直す。血で黒く汚れた鉈を振り上げる。テキーラが顎や耳たぶを伝って肩を濡らし、肘からしずくになって滴り落ちる。リサは連続殺人鬼の腹に突進し、コンロのつまみを回す。たちまちのうちに連続殺人鬼は火だるまになり、彼の脳天から噴き上がった炎が丸太小屋の天井を焼きはじめる。リサは念のために、連続殺人鬼が落とした鉈を拾い上げ、連続殺人鬼の足の甲に思い切り突き立ててから逃げる。

結局、生き残ったのはリサひとりだった。

明るく燃え落ちていく丸太小屋を見ながら、リサはとてつもなくいやな予感に襲われている。さっき吊り戸棚のなかで感じたとびきりの恐怖を、その正体を彼女は理解しはじめる。ここで終わるならまだよかった、予定とはぜんぜんちがうし、まだ殺されたくなんてないし、断固殺されたりはしない、でもそれならまだよかったのだ。リサの頭上で不吉に渦巻いているのは、私の人生はもしかして三十年やそこらでは終わらないんじゃないのかという恐怖だった。ほんとうならたった一度、三十歳くらいで娘を守って死ぬときに味わえばおしまいだったはずの命の危険と不当な暴力に対する戦いを、私はこの先何度もこなさなければならないのではないか。私が受け入れるのは明瞭で筋道だったひとまとまりの時間ではなくて、不明瞭かつ理不尽な大量の時間なのではないか。

この予感が正しかったことを悟るのは、リサが二十二歳になってからだ。

リサは養父母のもとを離れ、大学の寮に入っていた。全室二人部屋の女子寮だ。ルームメイトと諍《いさか》いを起こして出て行く者や、出て行くところがなくてしかたなく互いに無視しあっている運の悪い者たちもあったが、リサは問題なかった。身に染み付いた、愛情と平穏を獲得するための戦いを続けていたので、ルームメイトともうまくやっていた。いや、それ以上だった。

リサは相変わらず控え目かつ快活だったが、母親を失くしたことに加え、四年前に友達をほぼ丸ごと失くした経験から、ときどきなにか諦めているような表情を見せることがあった。二十二歳の若さでは、そういう子はごく少なかった。実際にリサは、この女子寮もそのうち血祭りに上げられるのだろうと確信しているところがあった。すでに失われることが決まっているものに対するリサのさみしげで愛おしげな顔を、ルームメイトは至極気に入った。

「私、リサの顔が好き」とルームメイトは言った。ルームメイトは顎《あご》のきっぱりと締まったきれいな子で、ショートパンツから露出した太ももは滑らかだった。世の中には私の顔なんかより、ルームメイトの顔を好む人のほうがずっと多いだろうに、とリサは思った。

でも、リサのルームメイトは本気でリサの顔が好きで、顔どころかほかの箇所も好きなのだった。ある夜、ルームメイトがベッドにもぐりこんできたことで、ようやく気付いた。ルームメイトはじっとリサの目を見つめて、唇をちょっとだけ触れ合わせ、またじっとリサの目を見つめた。

寮はいちおう男子禁制だったけど、寮内には昼夜を問わずいつも男が複数いた。だいたいの寮生には恋人がいて、誰にもはばかることなく堂々と恋人を呼ぶからだ。リサも呼んだことがあったし、リサのルームメイトもあった。そういうとき、ほかの寮生たちがやっているように、彼女らは恋人を呼んだほうに部屋を明け渡し、もう一方は寮の別の部屋で過ごすことにしていた。ルームメイトの恋人は、いつだって男だった。

「だから？」とルームメイトが静かに尋ねた。だって私は娘を産むのに、とリサは小さな声で言った。これじゃ困る。そうだ、三十歳ぐらいで娘を守って死ぬには、もうそろそろ産まなくちゃいけないのに。リサは、青ざめた。ルームメイトは楽しそうに笑った。

「私、あんたのそういうところも好き」と言って、彼女はリサを抱きしめた。リサも、手の置きどころがなくてルームメイトの背に手をやった。ルームメイトの肩甲骨は小さくて、強くつかむと砕けるような気がした。ルームメイトとリサはほぼ同じ体格をしていたけれど、ルームメイトを抱きしめていると小さい子どもを抱きしめているみたいだった。

けれどももちろん、連続殺人鬼は現れる。前のとはちがう連続殺人鬼だ。もっとも、連続殺人鬼というのはどれもこれも似通っていて、容貌に大差はないし、やることも決まり切っている。前のと同じ連続殺人鬼であると見なしても、たいして不都合はない。連続殺人鬼はどこにでもいて、誰でもいいから殺す。リサのことなんか知らない。連続殺人鬼は全犠牲者のものであって、リサひとりのものではない。それどころか、リサが犠牲者とならないのなら、連続殺人鬼はリサのものですらない。

リサとルームメイトは手に手を取って寮内を逃げ回る。連続殺人鬼は正面入り口から入って来て、一階からしらみつぶしに寮生やその恋人たちを素早く殺し、上の階へと進む。リサたちは追いつめられて上へ上へと逃げる。連続殺人鬼は血でぬめる廊下をものともせずにやってくる。連続殺人鬼はもうずいぶん大勢殺しているのに、疲れる気配もない。それは連続殺人鬼の特徴のひとつでもある。連続殺人鬼は、ものすごく体力があるのだ。死そのもののように。

屋上で、ルームメイトは先が折れて尖ったモップの柄で貫かれる。リサは、彼女の胸の真ん中から血にまみれたモップの柄が突き出ているのを見る。ルームメイトの「ずっといっしょにいてあげられなくてごめんね」と言った口から、どろどろした赤黒い血が溢れ出る。リサは嗚咽をこらえながら走り、立ち並ぶ給水タンクと室外機の陰に隠れ、見つかっては逃げ、最終的には不用意に屋上の際に立った連続殺人鬼に体当たりする。リサは、連続殺人鬼もろとも寮の屋上から落ちる。

落ちながら、これをルームメイトが生きているうちにできたのならよかったのに、と思う。それだったら、娘じゃないけど、恋人を守って死ねたのに。愛のために死ぬといった意味合いでは、娘でも恋人でもそう価値は変わるまい。

しかし、リサは死なない。落ちているあいだじゅう、連続殺人鬼の襟首をしっかりつかみ、胸に頬を押し付けていたのがよかった。地面に着いたとき、リサは自分の体の下で連続殺人鬼の全身の骨が砕けるのをはっきりと感じる。連続殺人鬼の頑丈な肉体がクッションとなったので、リサは奇跡的にも肋骨を三本折り、左の腓骨《ひこつ》にひびが入っただけで済む。寮にいた者で生き残ったのは、リサただひとりだ。

三十歳になったリサに、まだ子どもはいない。リサは結婚していて、IT企業に勤めている。不倫もしている。上司が彼女の恋人だ。上司も既婚者で、子どもは三人もいる。ちなみに、リサの配偶者と愛人は、どちらも男性だ。

彼女の人生は白紙に戻った。いまやリサはなんのために生きているのかわからないが、それでもまだ戦い続けている。生きていると楽しいこともそれなりにあるし、自分から死ぬのではそれこそなんのためにこれまで戦ってきたのかわからないから、生き続けている。

彼女の会社は都心のオフィス街にある高層ビルの上層階だ。そのビルにはさまざまな会社が入っていて、日中は人がぎっしり詰まって働いている。リサは毎日、エレベーターで大勢と乗り合わせる。名前も素性も知らないが顔見知りとなった人は幾人もいるし、まったく知らない人もいる。このなかに、連続殺人鬼がいないとも限らない、とリサは思う。夜になると、勤め人のほとんどは帰っていく。ビルには、各階に残業をする者がほんの少数残り、あとは一階の警備室に夜警がふたりいるだけだ。殺人をするにはもってこいの環境よね、とリサは思う。

三十歳になってから、リサはしょっちゅう母親のことを思い出す。自分が三十歳になってみて、あのときの母親はやはりもっと年上だったのではないかと思うが、数年前に取り寄せた戸籍によると母親が死亡したのは三十三歳だった。

リサは鏡を見る。リサは母親の写真を持っている。死ぬ一年ほど前の写真だ。リサも写っている。母親は曖昧に笑い、リサは笑おうとして強ばっている。母親はリサの両肩をつかみ、前へ押しやろうとしているようにも見えるし、どこにも行かせまいとしているようにも見える。三十二歳の母親の顔は、三十歳のリサの顔とよく似ている。

だが、記憶にある母親は、写真よりもずっと美人だ。特に死の直前、娘を守って死ぬことを覚悟した母親の、緊張しながらも晴れ晴れとした顔。あのとき、母親にとって、とつぜん人生が単純で明快になったのだ。

リサは、自分が連続殺人鬼を待ち望んでいることを認める。おそらく連続殺人鬼だけが日々の緩慢な戦いからリサを救い出してくれるし、公明正大な終わりをくれる。

ある夜、リサは残業をしている。上司もいる。仕事が一段落したところで、上司はリサを個室に誘う。リサは応じる。断ったことはない。こんなことは、もう何度でもやっている。リサは、上司の机に腰掛ける。上司はリサの首にキスをして、リサのカーディガンを脱がせる。リサの勘と経験によれば、これはかなり連続殺人鬼に襲われやすい状況だ。そして、ついに連続殺人鬼が出現する。

上司は首を切断される。その血をたっぷり浴びて、リサは走る。倒れかかってきた上司のスーツをまさぐってキーケースを奪うことはできたが、自分のバッグや携帯電話をつかむ暇はなかった。階下では、別の会社で残業していた者たちが首を折られ、腹を刺され、壁に頭を打ち付けられ、エレベーターのドアに体を挟まれるなどして死んでいる。ふたりの夜警はどちらも首を絞められて死んでいる。リサは生き延びた人々を見つけ、固まり、少しずつ人数を増やし、協力しあうが、連続殺人鬼は着々と堅実に仕事を片付けていく。固定電話はつながらず、ネット回線は落ち、誰かの持っていた携帯電話はしょっちゅう圏外だ。地下の駐車場にたどりついたときには、リサはとうとうひとりきりになっている。リサは上司のBMWを発進させ、連続殺人鬼を撥《は》ねる。連続殺人鬼の巨体はボンネットに乗り上げ、フロントガラスにぶつかって地面に落ちる。リサはその巨体をもう一度じっくりと轢《ひ》く。タイヤが連続殺人鬼の体を通り過ぎると、リサは少し待つ。血と汗にまみれ、呼吸を荒くし、バックミラーを凝視する。連続殺人鬼がほんとうに死んだかどうかを確かめなければならない。リサは車から下りて確認するべきか迷う。すると、バックミラーに、額を押さえ、ふらつきながら立ち上がろうとする連続殺人鬼が映る。リサは力の限りアクセルを踏んでうしろに急発進し、再び連続殺人鬼を撥ね飛ばす。そのあと、何度でも彼女は同じことを繰り返す。通報を受けた警察がたどりつくまで、リサは前進し、後退し、連続殺人鬼を轢き続ける。

たったひとりの生存者として救出され、リサは病院へ運ばれる。そこで、妊娠が判明する。上司の子どもだ。さいごに向けての急展開だ、とリサは思う。ああ、やっと。上司は死んだし、そもそも不倫の間柄だったが、リサに産まないという発想はない。リサは離婚し、健康に妊娠を継続し、無事出産する。娘だった。リサにしてみれば当然のことだが。

リサは娘のために生きる。連続殺人鬼ほどではないにしても、娘はリサの人生を単純化し、明快にした。リサはシングルマザーとして必死に働き、娘を育てる。養父母は相次いで亡くなる。公的な機関以外誰に助けられることもなく、リサは生活を推し進めていく。娘は育つ。リサの母親が死んだとき、リサは十歳だった。たったの十年でこの子と別れるなんてとても耐えられない。リサはたまに、娘に隠れて泣く。娘の十歳の誕生日が近付いて来ると、リサはわくわくするような、娘にすがりついて祈りたいような気分になる。誕生日プレゼントはなにがいい？　なんでも買ってあげる、とリサは娘に言う。

「うそ」娘は丸い頰でリサをにらむ。「いつもそんなこと言わないのに」

それでも娘は、フルートとゲーム機と口紅をねだる。リサは娘にオカリナとケーキを買う。娘はがっかりするが、オカリナはそこそこ気に入って、ぽぉっ、ぽぉっ、と吹き鳴らす。

リサは寝る前に腕立て伏せと腹筋を十回ずつやる。もうじき連続殺人鬼が来るからだ。連続殺人鬼と戦うための体力作りをしなくてはならない。家のあちこちに、小さなナイフを隠す。ちょうどいい太さの縄も隠す。握力だけで連続殺人鬼の喉を潰すのは困難だが、縄さえあれば絞め殺すことができるかもしれないからだ。鍋やミキサーや通勤用のピンヒールにもさりげなく視線をやり、それらが武器としてどのように役に立つかシミュレーションする。

しかし、ナイフや縄が埃をかぶっても、連続殺人鬼は来ない。リサの娘はなにごともなく十一歳になる。リサは警戒を怠らず、腕立て伏せと腹筋を習慣づけている。だが、一度当てが外れると、継続は困難だ。リサの娘が十二歳になるころには、週に一度ほど、思い出したときにしかやらなくなっている。リサの娘は十三歳になり、十四歳になり、さらに時間が経って十七歳になる。リサの娘は、リサよりもかつて恋人であった寮のルームメイトのほうにタイプが似てきたようだ。ショートパンツを穿いた滑らかな太ももは、血管が透けて見えなくなるくらいに日焼けしている。リサの娘は、率先して楽しいことをはじめ、はしゃぎまわる。森の丸太小屋へキャンプへ行くことを計画したのも、リサの娘だった。

リサは不安にかられ、絶対に行ってはいけないと言い聞かせる。

「連続殺人鬼？　だっさい。そんなの来るわけないじゃん」と娘はすねる。リサと娘は大げんかし、娘が折れる。娘は、キャンプへは行かないと約束する。けれど、リサが出張で家を空けた隙に計画は決行される。

リサは出張先から毎晩娘に電話をする。娘はこっそりと家の固定電話を自分の携帯電話に転送するよう設定しており、はじめの二日ほど、リサはすっかりだまされる。娘はひとりでおとなしく自宅にいるものだと思う。三日目に、嘘が露見する。声の微妙な遠さ、娘のうしろで騒ぐ子どもたちの声、その響き方、なんとか一部把握することができた内容から、娘が家にいないことを知る。リサは出張の予定を切り上げ、大急ぎで帰宅する。すると、娘はけろっとしてもう帰っている。なにもなかったよ、楽しかった、と娘は言う。リサは涙を流して喜び、そのいっぽうで釈然としない。

リサの娘は成長する。自宅から通える範囲の大学へ進学し、就職し、結婚し、子どもを産む。男の子だった。リサの娘の人生には連続殺人鬼はやってこない。娘が出て行ったので、リサは一人暮らしをし、定年を迎えて退職する。しばらくは養父母の残した財産と年金と貯金でそのまま一人暮らしを続け、あるとき、リサは娘から老人養護施設に行くよう懇願される。それで、リサにはわかる。自分が一生涯戦いを続けなければならないということが。

リサは娘のすすめるとおりにする。リサは少し足が不自由になっている。大袈裟だというのに杖を取り上げられ、車椅子で施設に送られる。リサは到着するなり杖を取り返す。まず建物の非常口を確認し、何部屋が用意されていて何部屋が使われているのかを調べる。

リサは個室を与えられているので、誰にも見とがめられることなく足踏みをする。膝をへその高さまで上げ、ゆっくりと下ろすやり方だ。食事についてきたバターナイフを数本、なくしたふりをして失敬する。フォークも盗む。スプーンは返す。スプーンじゃ眼球をえぐるくらいしかできない。

そう、彼女は準備している。だって連続殺人鬼は若者ばかり襲うわけじゃないから。そりゃあ若くて元気な若者のほうがいいに決まってるけれど、いつもありつけるとは限らない。まとまった数の老人で満足しなきゃいけないこともある。

リサは、自分がいつ死ぬのか、いつ死ぬべきなのかわからない。ただ、目の前にある、やるべきことをやるだけだ。彼女は日常を冷静に戦い続け、うねりを打ってやってくる連続殺人鬼との戦いを待つ。リサは、自分がいつまで生き残るのか、果たしてまだ生き残っていくべきなのかわからないが、気にもかけない。連続殺人鬼が現れたら全力で戦う。現れなくったって、これまでずっと、リサは全力で戦ってきたし、生き残ってきたのだ。

リサは血のにおいを嗅ぐ。嗅ぎ慣れた懐かしいにおいだ。補聴器を通して、悲鳴も聴く。老人たちと、それから若くてかわいいナースたちの悲鳴、怒号、呻き声。この老人養護施設の唯一の生き残りとなるために、リサは車椅子から立ち上がる。

赤ずきんちゃんと新宿のオオカミ

村田沙耶香

コラム――村上春樹、そして私

午前二時の朝食

村田沙耶香

むらた・さやか　一九七九年、千葉県生まれ。小説家。二〇〇三年に「授乳」で第四十六回群像新人文学賞、二〇〇九年に『ギンイロノウタ』(新潮社)で第三十一回野間文芸新人賞、二〇一三年に『しろいろの街の、その骨の体温の』(朝日新聞出版)で第二十六回三島由紀夫賞を受賞。著書に『授乳』、『星が吸う水』(以上、講談社)、『ハコブネ』(集英社)、『タダイマトビラ』(新潮社)などがある。

朝の二時に起きている、と言うと、いつも怪訝な顔をされる。「それは朝じゃなくて深夜だよ」と笑われてしまうこともあるが、二時という時間は私にとっては朝であり、小説を書く時間だ。夜の九時に眠り、朝の二時に起きて朝食を食べる。そうしているうちにエンジンがかかってきて、朝食を食べ終えると同時に書き始める。

窓をあけると、闇の匂いが強く漂ってくる時間だ。原稿の合間に窓を開けると、冬なら凛とした空気が結晶になりかけたような匂いが、夏なら生ぬるく身体にまとわりつく湿度の高い風の匂いが部屋の中に流れ込んでくる。闇を見つめて耳を澄ませても、人の気配はほとんどしない。犬や猫などの獣の気配や、木々の葉が擦れる音が微かにするだけだ。

ある編集さんにその話をしたとき、その時間に書いている作家さん、意外と多いですよ、と教えてもらった。二時まではいかなくても、四時とか五時に起きて書いている人がけっこういるそうだ。そうなのかと嬉しくなった頃、たまたま村上春樹さんのインタビュー記事を読んだ。「だいたい朝の四時半ごろ起きるんだけど、三時に起きたり二時半に起きたりしても、そのまま仕事をしてしまう」とそこにあった。二時のことを「朝」、と記してある文章を読むことは滅多にないので、嬉しかった。

他の早起き作家さんを知らないので、ついつい、朝の二時に村上春樹さんのことを考えてしまうことがある。世界の雑音が飲み込まれて眠っていく夕闇とは違う、この朝闇と呼びたいようなまっさらな宇宙色の世界で、たくさんの早起き作家が言葉を綴っている。その微かな雑音が少しずつ起き出した人々が起こす朝の音と重なって、光の中に飲み込まれていく。そんな光景が毎朝規則正しく繰り返されているのだし、これからも続いていくのだろう。その整然とした時間の先でどんな物語が生まれていくのだろう、と思いながら、今日も朝食を食べ終えた私はひたすら文字を綴っている。

赤ずきんちゃんと新宿のオオカミ

ある日、私が自分の住む部屋の扉を開けると、部屋の中央のソファーに赤ずきんちゃんが座っていました。

私はうっかり鍵をかけずに一階のポストまで新聞を取りに行ってしまったことを後悔しました。いつも気を付けてはいるのですが、ちょっとの間だからと、つい鍵をかけ忘れてしまうことがあるのです。無用心だとよく友達に怒られるのですが、今日ほど、その忠告が身に染みて感じられたことはありませんでした。

「お帰りなさい」

「あなたはだれ?」

「わたしは赤ずきんよ」

私は溜息をつきました。その子はマンションの四〇八号室の子どもでした。母親のものと思われる真っ赤なエルメスのスカーフを頭に巻いて、よく非常階段で一人で遊んでいるのを見たことがあったのです。

「あのね、ここはあなたのお家じゃないのよ。早く帰らないとだめよ」

「わたし、オオカミから逃げてきたの。少しの間でいいから、わたしをここに置いてくれない? 日が暮れる前には帰るわ」

面倒なことになったなあ、と思いました。女の子の母親は服装が派手な人で、今日のような休みの日は、彼氏や男友達を連れ込んで昼から騒いでいることがよくありました。この女の子はいつも逃げるように階段で遊んでいたので、エスカレートしたら児童相談所などに通報したほうがいいのではないかと、少し気に病んでいたのでした。

「わかったわ、少しの間ならここにいていいわよ。一時間くらいしたら、私がお家まで連れて行くわね。それでいい？」

女の子は、赤ずきんちゃんごっこをするには大きく、小学五年生か六年生くらいに見えました。私にはそれも不思議でした。これくらい大きければ、母親が男を連れ込んでいても友達の家に遊びに行けばいいのではないかと思っていたからです。この子は少し変わった子のようなので、友達もいないのかもしれません。

「うん、それでいい」

私の提案に、女の子は素直に頷《うなず》きました。

「名前は何ていうの？」

表札が出ているので、彼女が有野という苗字だということは知っていたのですが、下の名前までは知りませんでした。女の子は、

「わたしは赤ずきんよ」

と繰り返しました。私はしょうがなく、彼女を赤ずきんちゃんと呼ぶことにしました。

赤ずきんちゃんの恰好は奇妙なものでした。頭には、かなり使い古された真っ赤なエルメスのスカーフを巻いて、首にも赤いマフラーをしています。セーターとスカートは真っ白なものを身に着けていました。黒いタイツにクロックスを履いて、足を投げ出して座っています。

「まずは、それを脱いできて」

私が赤ずきんちゃんの足元を指差すと、大人しくミッキー形の穴があいたクロックスを玄関に置きに行きました。

私は少々うんざりしていました。けれど、彼女にもしも虐待の兆候があるなら、一市民として、すぐに通報しなければ、という責任感も感じていました。

「ありがとう。お礼に、お姉さんの願い事を何でも一つ、叶えてあげる」

赤ずきんちゃんは、かごのかわりにミスタードーナツの空箱を腕から提げていました。動くとかちゃかちゃ音が鳴るので、中にはおもちゃが入っているのかもしれません。

今どきの小学校高学年の女の子なら、お化粧をしてマクドナルドかどこかに集まってお茶でもしているものだと思っていましたが、赤ずきんちゃんはずいぶん幼いようでした。もしくは、幼く振舞っているようでした。

「願い事？　そうね。どうしようかな」

私は狭いワンルームに無理矢理置いている、もらい物のベージュのソファーに腰かけながら言いました。赤ずきんちゃんに話を合わせておこうと思ったのです。

「そうね。それじゃあ、恋人が欲しいかな。お姉さんはどうすれば恋ができるかな？　一緒に考えてくれない？」

私がそう提案したのには、理由が三つありました。一つは、いきなり家のことを聞いて警戒されるより、女の子が好きそうな恋の話をしたほうがいいと思ったから。もう一つは、何かお手伝いなどをお願いして厄介ごとがおきたら面倒なので、女の子にクイズを出すような形の要望のほうが無難だと思ったから。最後の一つは、私は一度も男性と付き合ったことのない処女で、願い事と聞いて真っ先にそれが浮かんだからでした。

普段は気にしていないのに、咄嗟《とっさ》に頭に浮かぶのだから、自分は深層心理では恋愛がしてみたいのかなあ、とぼんやり考えました。三十五歳なのにセックスをしたことがないということが、やっぱりどこかで引っかかっていたのかもしれません。

「そんなの簡単だよ。わたしが今から叶えてあげるよ」

「うんうん、ありがとう」

私は適当に相槌をうち、まわしっぱなしになっていた洗濯機を見に行きました。赤ずきんちゃんと話をしているうちに洗濯は終わっていて、少し乾きかけていました。

早く干さないと皺になってしまうのですが、赤ずきんちゃんが気になるので、皺になりやすい三枚ほどのシャツだけを取り出して、あとのタオルやパンツはほうっておいて、臭ってきたらまた洗い直せばいいや、などと怠惰なことを考えながらリビングに戻ると、女の子が言いました。

「今日、三時からだって」

「何が？」

「お姉さん、恋がしたいんでしょう？　あのね、三時から新宿でデートの約束をしておいたよ」

私は慌てて赤ずきんちゃんの持っていたスマートフォンを取り上げました。どうやら、ＬＩＮＥを使って男性とやり取りをしていたようです。

「この人は誰？　誰と約束したの？」

「知らない。半年くらい前に、掲示板でＩＤを交換して、友達になった人なの。この人とはすごく仲良しで、最近、会おう、会おうって話をしていたの。でもお姉さんにあげる。きっと素敵な人よ」

私は頭が痛くなりました。

「こんな所へは行かないし、こんな人とも会わないわ」

「どうして？　すごくいい人なのよ。夜も、わたしが寂しいときにはいつもメッセージを送ってくれるの」

「あのね、それは下心があるからよ。危険なのよ。もうこんな人とやり取りをしてはだめよ」

言い聞かせると、赤ずきんちゃんは膨《ふく》れてそっぽを向きました。

「貴方《あなた》が喜ぶと思ったのに。いいわ。わたしが一人で行くわ」

私は慌てて制止しました。

「そんなの、もっとだめよ。一人でなんて、危ないわ」

「だって、この人はお友達だもの。森の熊さんや、うさぎさんのようなものよ。赤ずきんにとってそれがどれだけ大切な友達か、貴方だってわかるでしょう？」

「この人は本当にこちらを食べてしまうような悪い熊なのよ」

「そんなことないわ。何も知らないくせに」

私は頭をかかえました。これは手に負えないと思い、とりあえずこのことを母親に報告しようと廊下に出ました。

隣の部屋からは、大音量で流れる音楽と、甲高い笑い声が聞こえました。どうやら昼から仲間と宴会をしているようです。とてもまともに話せそうな雰囲気ではありませんでした。

こういうとき、いったいどういう機関に通報すればいいのだろう、児童相談所だろうか、女の子の通う学校だろうか、と逡巡《しゅんじゅん》していると、赤ずきんちゃんが私の部屋から出てきました。

「わたし、行くわ。お友達が待っているから」

「だから待ちなさい！　危ないわよ！」

「何を言われたって行くわ」

私は少し思案したあと、「それなら、私が行ってその人と話をするわ。あなたは遠く離れた所から見ていなさい。それでいいでしょう？　だって、私のデートなのだから」と言いました。

赤ずきんちゃんはしばらく黙っていましたが、「わかった。それならいいわ」と言いました。

私は大人として、相手の男性に釘《くぎ》を刺さなくては、もう二度と変なメッセージを赤ずきんちゃんに送らないように直接言ってやろうと思いました。赤ずきんちゃんは無邪気な顔で、「お姉さん、デート、うれしい？」と訊ねました。私が「うん、うれしいわ」と答えると、赤ずきんちゃんはにこにこ笑いました。

赤ずきんちゃんと私は、電車に乗って新宿へ行きました。

「赤ずきんちゃんはいくつなの？」

「十二歳よ」

それなら小学六年生なのでしょう。それにしては、やはり彼女の言動は幼いように思いました。

電車から降りようとすると、赤ずきんちゃんは難しい顔をして固まっていました。手を引っ張ってホームに降り、「どうしたの？」と訊ねると、赤ずきんちゃんはつぶやくように言いました。

「電車の中で、身体を触られたみたい」

「え？」

赤ずきんちゃんはなぜかぼんやりとした目をしていました。

改めて見ると、赤ずきんちゃんにはどこか、異性の気を惹《ひ》くようなところがありました。まだ小学生なのに、胸は私より大きいように見えました。白いセーターを柔らかく押し上げています。腕も、白いスカートからちらちらみえる黒タイツに包まれた太腿もむっちりとしています。

目は黒目がちでとろんとしていて、唇はぽってりと分厚いのです。美人だとか可愛いというタイプではありませんが、魅惑的な外見をしていました。毛玉だらけのセーターも、少しだけ伝線してしまったタイツからうっすら透けているふくらはぎも、なんとなく触れてみたいような誘惑的な感じがしました。

頭に巻いているスカーフだけが変でしたが、そのダサい感じも、かえって扇情的に思えました。私は、赤ずきんちゃんは度々こういう目にあっているのだ、と直感的に思いました。

「家では、そういうことはないの？」

私は咄嗟に訊ねていました。赤ずきんちゃんが家にお客さんがいるときにいつも階段に避難しているのは、何か邪《よこしま》なことをされているからではないか、という予感が胸をよぎったからです。

「何言ってるの、お姉さん？　そんなこと、あるわけないよ」

赤ずきんちゃんは遠くに目を遣《や》ったまま答えました。それが本当なのか嘘なのか、私にはわかりませんでした。


待ち合わせ場所のライオン像の前に、男は立っていました。

ラインを使うくらいだから若い男を想像していたのですが、自分と同い年くらいのスーツ姿の男性だったので、私は少し怯《ひる》みました。けれど自分を奮い立たせて、赤ずきんちゃんに「いい、絶対にこちらに来ちゃだめよ。私があの人と二人で話してくるからね」と言いました。

何かあればそばにある警察に駆け込めばいい、と思いながら、私は男のところへ向かいました。

男は私に気が付くと、言いました。

「君が『赤ずきん』ちゃん？」

どうやら、彼女はラインでも赤ずきんと名乗っていたようです。私は、なるべく威厳のあるように、声が震えないように用心しながら言いました。

「いいえ。私は『赤ずきん』ちゃんの保護者です」

「はあ？　保護者って、君が？」

「あの、あの子、悪戯《いたずら》半分で携帯でいろんな人とメッセージのやり取りをしているようなんです。でももうやめさせようと思っているんです。貴方も、彼女に変なメッセージを送るのは、もうやめていただけないでしょうか」

「あのさ、『赤ずきん』ちゃんっていくつなの？　幼いような気もするけど、ちょっと大人びたところもあるんだよね。中学生くらい？　まさか小学生？」

「いい加減にしてください。犯罪ですよ、こんなこと」

「何が？　メッセージのやり取りをして、一度会おうよって話してただけだよ。それのどこが犯罪？」

「もういいです。とにかく、今後一切、彼女とコンタクトをとらないでください」

私はそれだけ言って立ち去ろうとしましたが、強く腕を摑《つか》まれました。

「離してください！」

「おい、お前何なんだよ？　母親じゃないよな？　お前に何の関係があるんだよ？」

私達がもみ合っているのを目にしたのか、赤ずきんちゃんが向こうから駆け寄ってくるのが見えました。

私は身振りで必死に戻るように伝えたのですが、男が、「あれ、あの子が『赤ずきん』ちゃん？」とうれしそうな声で言うのが聞こえました。赤ずきんちゃんの身体を舐《な》めるように見る男の視線にぞっとしているうちに、赤ずきんちゃんは息を切らしてこちらまで来てしまいました。

彼女を家に置いてくるべきだった、と思いながら、私は男に向き直りました。

「いいですか。あの、さっきも言いましたけど、今後一切、『赤ずきん』ちゃんにはメッセージを送らないでください」

赤ずきんちゃんが悲しそうな目で私を見ました。

「どうして？　お姉さん、どうしてそんなこと言うの？」

男は、「お姉さん、って年なの、この人？」と私を見てあざけるように笑い、「初めまして。俺が『バンビ』だよ」と赤ずきんちゃんに手を差し出しました。

「初めまして。『バンビ』さん、もっと若い人かと思っていました。学校の話とかしていたから」

「そう？　あ、でも俺、見た目より本当は若いんだよ？　今日はスーツだから年とって見えるけどさ。あ、ねえ、前に言っていたケーキ屋さんに行かない？　連れてってあげるよ」

「私達は行きません」

「俺は『赤ずきん』ちゃんに言ってるんだよ」

不機嫌になった男に、赤ずきんちゃんは慌てて言いました。

「あの、今日はお姉さんと一緒に来たんです。ケーキはまた今度にして、どこか近くで、三人でお茶しませんか？」

「えー？　まあいいか。あのさあ、前に話したけど、俺の事務所がこの近くにあるんだよー。あとで連れて行ってあげるよ」

「わあ、すごい！」

男は赤ずきんちゃんの手をとって歩き始めました。私は慌てて後を追いました。

私達は少し歩いて、歌舞伎町のベローチェに入りました。

「ねえ、モンブランのケーキって食べたことある？　おいしいのかなあ」

突然、私を見て赤ずきんちゃんが言いました。

「買ってきてあげようか」

そう言って男が席を立ちました。この隙に逃げようと、脱いでいたジャケットを握りしめて赤ずきんちゃんの手を引こうとすると、赤ずきんちゃんが突然顔を寄せてきました。吐息がかかる距離まで唇を寄せると、彼女は耳元でささやきました。

「ねえ、お姉さん。あの男の人を二人で殺さない？」

「え？」

赤ずきんちゃんは平然と言いました。

「ね、いいでしょう？　あの人を一緒に殺そうよ」

突然の言葉に戸惑《とまど》っていると、男が戻ってきました。

「はい、ケーキ」

「わあ。ありがとう」

赤ずきんちゃんはうれしそうにケーキを食べ始めました。

赤ずきんちゃんの突然の提案に呆然《ぼうぜん》としているうちに、ケーキを食べ終えた二人はお店を出て、男の事務所とやらへ向かって歩き出してしまいました。ずんずんと前を進んでいく男についていく赤ずきんちゃんに、私は耳打ちしました。

「ねえ、逃げようよ」

「どうして？」

「危険だからよ」

「あの人が？　わたしが？」

私は少しの間のあと、「両方よ」と言いました。

「赤ずきんちゃんはオオカミのお腹の中から、外へ出ていくでしょう？　光の世界に出ていくのよ。あそこから始まっていく物語を、わたしは知りたいの」

「よく意味がわからないわ」

「あの人を殺すことができたら、わたし、これから何があっても、そのことを支えに頑張れると思うの」

「理解できない。危ないことはやめて、本当にもう逃げましょう」

「本気になれば自分は誰かを殺せるんだっていうことが、わたしの心を支えてくれると思うの。そのための儀式なのよ」

そうこうしているうちに、男は自分の持っている事務所とやらにたどりついたみたいでした。

「ここだよ。入っていく？」

男が指差したのは、事務所というよりただの古びたマンションでした。赤ずきんちゃんは、築四十年くらいのそのマンションを、きらきらした目で見上げました。

「わー、すごい。こんなところに会社があるなんて、かっこいい」

「会社じゃないよ、ちょっとした事務所だよ。中は綺麗《きれい》だよ。ほら、ちょっと寄っていきなよ」

「あの、私達、帰ります！」

話していてもらちが明かないと思い、私は赤ずきんちゃんの手を摑んで来た道を走って戻り始めました。

「何するの！」

赤ずきんちゃんが声を荒らげましたが、私はかまわず走りました。

「何か悩みがあるのなら話を聞くわ。こんな方法で自分におまじないをかけるのはやめなさい」

「じゃあ、どんなおまじないならいいの？」

「とにかく大人に相談しなさい。私が話を聞くし、大変なことなら専門の場所に相談するから」

「わたしには今すぐ魔法が必要なの。相談なんて必要ない。わたしはおまじないだけで自分を守ってきたし、これからもそうよ」

強くこちらをはねのけるような言葉に、一瞬怯んで足をとめました。

赤ずきんちゃんは強い目でこちらを見ていました。

口を開こうとすると、男が追い付いてきました。

「おい、突然どうしたんだよ」

私は急いで赤ずきんちゃんの手を引いて逃げようとしましたが、彼女は私の手首に爪をたて、痛みで怯んだ私の指をふりほどいて男に向き合いました。

「何でもない。あのね、ちょっとお腹が痛くなっちゃったの」

男は赤ずきんちゃんの甘えるようなそぶりに、とたんに柔和な態度になりました。

「しょうがないなあ。それなら少し、どこかで休もうか?」

男の口調に期待感のようなそわそわした響きがあるのを聞いて、間抜けな私は、自分がいつの間にかホテル街の方へと逃げ込んでしまっていたことに気が付きました。

ローマ宮殿のような白い大きな柱のある建物や、バリ風のホテルや、小さな玩具の滝が流れるホテルが立ち並ぶ中にいると、赤ずきんちゃんは遊園地に遊びに来たあどけない女の子に見えました。

「うん、わたし、どこかで休みたい。もうお腹が痛くて動けないの。いいでしょう?」

赤ずきんちゃんは男を見上げました。赤ずきんちゃんが持っていたという葡萄酒《ぶどうしゅ》のような、人を酔わせる、甘い声でした。


まるでどしゃぶりの雨が降っているかのような、男がシャワーを浴びる音が、風呂場のほうから聞こえてきています。

私たちは真っ白い大きなベッドの上に座っていました。私は正座をしていて、赤ずきんちゃんはふかふかのふとんの上で泳ぐように足をばたつかせています。

「いい?　これは只《ただ》の儀式よ。おまじないのために、少しやってみるだけよ」

赤ずきんちゃんは私のしつこさに少々うんざりした様子で、それでも素直に頷きました。

「わかってるわ」

私は処女なのでよく仕組みがわかりませんが、赤ずきんちゃんはなぜか慣れた様子で、ベッドの上にある有線のスイッチを弄って、音楽を流したり消したりして遊んでいました。

やがて、シャワーの音が止まりました。私達は、風呂場の方へ行き、曇りガラスのドア前で腰をかがめて目配せしました。男の肌色の影がだんだん大きくなってくるのを、息を詰めて待ちかまえていました。

曇りガラスのドアが開いた瞬間、私は冷蔵庫の上から持ってきた電気ケトルの瞬間湯沸かし器で、男の頭を殴りつけました。

「何だ⁉」

男が腕を振り上げようとしたので怖くなり、顔面めがけて何度も電気ケトルを振り下ろしました。鼻の骨でも折れたのか、なにかがぐしゃりと壊れるような嫌な感触がしました。

「クソ女！　ぶっ殺すぞ！」

男が振り回す拳が怖くなり一歩下がると、赤ずきんちゃんが、テレビの下から引き摺り出したプレイステーションで男の後頭部をなぐりました。かなり効いたらしく、男がよろめきました。

私は急いで男の背後に回り込み、腕から下げていたガムテープで男の腕を捕まえました。暴れる両腕をなんとか後ろに回して急いでぐるぐる巻きに固定します。

ガムテープは赤ずきんちゃんのミスタードーナツの箱から出てきたものです。中には、ハサミやカッターもありました。赤ずきんちゃんは、いつも誰かを殺そうとしながら過ごしていたのかもしれませんでした。

「クソガキが！　てめえ、ぶち犯すぞ！　おら！」

男が走り回りそうで怖かったので、私は男を突き飛ばして、尻もちをつかせました。

赤ずきんちゃんが素早く私の手からガムテープを奪い、今度は足首にぐるぐると巻きました。

「殺すぞ、おらああ！　てめえら、男の力に敵うと思ってんのか！　おらあ！」

男が叫ぶので、私はしぶしぶ、ポケットの中にあったお気に入りのタオルハンカチを丸めて男の口に入れました。ローラアシュレイのお気に入りのハンカチです。

男からは、もごもご、という声しかしなくなりました。あまりにすごい形相でこちらを睨《にら》んできて気持ちが悪いので、私はガムテープで男の目をふさぎました。残りのテープを、風呂上りで濡れている男の全身にぐるぐる巻いてみました。濡れてぴちぴち動く男の身体を二人で抑えていると、なんだか海辺で漁でもしているような気分になりました。テープを全部使い切ったら、男は鼻と口と股間だけ丸出しのミイラのようになってしまいました。

しばらく、ひたすらくの字になって蠢《うごめ》いているミイラを赤ずきんちゃんと見つめていました。これからどうすればいいのかまでは考えていませんでした。

私は赤ずきんちゃんに言いました。

「どう、気が済んだ？」

赤ずきんちゃんはじっと男を見つめたまま、小さな掠《かす》れた声で、

「証拠が欲しい」

と言いました。

少し考えて、私は洗面台の上のアメニティからT字型の剃刀を取り、丸出しになったままの男の濡れた股間を指差しました。

「これをお守りにしましょう。私達がいつでも誰かを殺すことができるっていう、お守りよ」

「それって、剃刀で取れるかな？」

赤ずきんちゃんはペニスを捥《も》ぎ取るのだと思ったようですが、「それをやると、わりと血が出て手が汚れると思うから、こっちで我慢しましょう」と陰毛をつまむと、納得した様子で頷きました。

私と赤ずきんちゃんは何かの儀式のように、そっと男の股間に触れ、一人ずつ剃刀を持ち、黒々とした太い毛の束を剃り落しました。

まだ湿っている毛を、赤ずきんちゃんの持っていたハートの飾りがついたヘアゴムで纏めると、なんとかお守りっぽくなりました。

赤ずきんちゃんはやっと安心したのか、私とお揃いのお守りを握りしめて言いました。

「ありがとう、お姉さん。わたし、このお守りを大切にする」

「そう、よかった。私も、常にお財布に入れておくことにするわ」

女の子は俯いて、陰毛のお守りをポケットの中に入れました。

「……そろそろ帰るわ」

「そうしましょう」

やっと納得してくれたようなので、私はほっとして頷きました。

ぐるぐる巻きになったオオカミを置いて、私たちは手をつないでラブホテルを出ました。

私達が住むマンションに戻ったころには、もう夜の七時近くになっていました。

「遅くなっちゃったわね。大丈夫？　お母さんに叱《しか》られるんじゃない？　私も一緒に謝ってあげようか」

「いいわ。大丈夫よ」

赤ずきんちゃんは言いました。

「わたしにはもうお守りがあるもの」

赤ずきんちゃんは指が白くなるまで強く、男の陰毛のお守りを握りしめていました。

「……あのね、もしこの部屋の中で何かかなしいことがあるなら、私が明日、貴方を児童相談所へ連れて行ってあげるわ。今夜は私の部屋に泊まったっていい。そうしましょう？」

赤ずきんちゃんは俯《うつむ》いて首を横に振りました。

「大丈夫よ。わたしはオオカミをやっつけた赤ずきんだもの」

赤ずきんちゃんの唇は、外が寒いせいか、青紫色になっていました。まるで自分が殺されかけでもしたような顔でした。

赤ずきんちゃんはかたかたと、ミスタードーナツの箱をぶら下げて自分の家へと帰って行きました。ドアが開くと中は真っ暗で、中に誰がいるのかまではわかりませんでした。赤ずきんちゃんはその暗闇の中に、ゆっくりと吸い込まれていきました。

静かな夜でした。外の公園から、夜だというのにやけに鳥の声がしていました。狼のような犬の遠吠えも聞こえます。木々の葉がこすれる音が溢《あふ》れています。まるで、森の中で眠っているようでした。マンションの壁は厚いですが、それでも隣から、微《かす》かな物音が聞こえました。家具が揺れるような音と共に、犬がきゃんきゃんと吠えるような、甲高い悲鳴のような声も聞こえました。

私はじっと天井を見つめていました。

物語を始めるのだと、赤ずきんちゃんは言いました。

オオカミを殺した猟師の物語は、あれからどんな風に始まっていったのでしょうか？　オオカミのお腹の中からおばあさんと赤ずきんちゃんを取り出して、そこから、猟師はどこへ旅立っていったのでしょうか。

壁の向こうから何かが割れる音が聞こえます。

私はゆっくりと立ち上がりました。そして、私は私自身の物語を始めるために、そっと扉を開けました。まるで、オオカミのお腹の中から、光の世界へと踏み出した赤ずきんちゃんのように。

扉の外は、冬だというのに強い緑の匂いと夜の匂いがしました。森の木々のざわめきが頭の中まで入ってきます。

私の脳は赤ずきんちゃんに侵されてしまったのかもしれません。私は絵本の中の住人になっていました。猟師になった私は、あの絵本の続きのページを開かなくてはいけないのです。

廊下を流れてくる冷たい風に髪の毛を揺らしながら、私はそっと隣の部屋のチャイムに指を伸ばしました。手に握りしめた冷たくて重いものが、月に反射してきらきらと光りました。

……少しだけ、物音をたててしまいましたが、部屋はすぐに静かになりました。部屋の奥で蹲《うずくま》っていた赤ずきんちゃんは、まるでオオカミのお腹の中から生まれ直したような顔で、ぼんやりと私を見つめていました。

私達は今、この森の中の部屋で一緒に暮らしています。新しい物語が始まってからずっと、ここが私達のお家です。この部屋でご飯を食べ、退屈なときには並んで、映画を観るように外の風景を見つめ、夜になると眠ります。

お風呂場には水がはってあります。赤い水の中には、とても柔らかいものが沈んでいます。蓋《ふた》は閉めてありますが、少しだけ獣の匂いが漂い始めています。

電気を点けないので、この部屋の夜はとても暗くて、窓の外から入り込んでくる月光の中で、私達は一緒にベッドへともぐりこみます。

私達は手をつないで眠ります。赤ずきんちゃんの規則正しい寝息が聞こえると、私もなぜか安心して眠くなります。

赤ずきんちゃんからは石鹸《せっけん》の香りがします。たまに、ドアが大きな音をたてますが、気にせずに私達は眠りつづけます。

外を見ると雪が降っています。しんしんと降り積もる雪を見つめながら、私達は物語の始まりの場所で、おとぎ話が終わるのを待ち続けているのです。

ナメクジ・チョコレート

片瀬チヲル

コラム——村上春樹、そして私

デニーズでサラダを食べるだけ

片瀬チヲル

かたせ・ちをる　一九九〇年、北海道生まれ。小説家。二〇一二年に「泡をたたき割る人魚は」で第五十五回群像新人文学賞を受賞。著作に「コメコビト」(「群像」二〇一三年四月号)、著書に『泡をたたき割る人魚は』(講談社)がある。

村上春樹を読むとデニーズに行きたくなる。『アフターダーク』のせいだ。作中冒頭で、高橋が深夜のデニーズでチキンサラダを食べる場面が印象的だった。なんとなく心にひっかかったものが手の届く範囲にあると、気まぐれに手を伸ばしたくなる。今回の舞台はデニーズだ。思い立ったらすぐ行ける。

早朝五時。始発に乗り、三駅先にあるデニーズへ向かった。辺りはまだ暗く、店内にいるのは、眠りこけるおじさんと、人狼ゲームにふける大学生だけだ。

注文したいものはもう決まっていたけれど、一応メニュー表を開く。チキンサラダはメニューから消えていたのでかわりにアニバーサリーサラダを頼んだ。

物語の中に固有名がでてくると緊張する。映画で見慣れた通学路が映ると、その物語に撮られていない一部を知っているようで、観客から突然エキストラになった気分になるし、小説の中に、神保町のラドリオだとか新宿伊勢丹だとかが出てくると、登場人物と繋がったようで親近感がわく。この感覚を知ったのは、東京に出てきてからだ。

上京する前、北海道にいた時はそうは思えなかった。田舎で本を読んでいたあの頃は新井素子の『いつか猫になる日まで』に登場した石神井公園も、石田衣良『池袋ウエストゲートパーク』の池袋も山田詠美『無銭優雅』の西荻窪も完全に外国だったし、気軽に行くことのできない、イメージだけの町だった。

けれどデニーズは違う。なんてったって全国チェーン店だ。飛行機や船に乗らなくてもいい。どんな場所にいても、ちょっと村上春樹っぽい非日常世界を味わいたくなった時、すぐに足を運べる。デニーズは日本に数百店舗もあるのだ。欲しい、と思えば二十四時間いつだって、小説の世界を想起できるのは、すごいことじゃないかと思う。それも数百もの場所でだ。

私はアニバーサリーサラダに、にんじんドレッシングをかけた。メニューも内装もほとんど同じで、どこにでもあるデニーズだ。私が今いるデニーズは、高橋やマリがいたデニーズと同じ店舗ではないだろう。二人がいた場所ははっきりとわからない。だから映画のロケ地めぐりみたいに、全く同じ場所にいる感動は無い。けれどその分、どこかにありそうでどこにもない場所に迷い込んだ、不思議な嬉しさがある。触れようと思えば簡単に触れられるけれど摑めないような、知っているけど知らない場所のような。まさに魔界だ。けれど本を読む時に私は、どこにでもあってすぐ行けるのに決して行くことのできない場所に浸かることを求めてページをめくっていたような気がする。

そういう魔界を呼び起こしたデニーズのサラダは、ひんやり甘くて美味しかった。

ナメクジ・チョコレート

溜息をついた時、雪が舞った。敬介の本棚から降る白いひとひら、床に散る枯草は敬介の身体から抜け落ちたものだ。鳥肌が立つのは寒さのせいだろうか。いや。ごまかせないよ、と涼香は首を振った。やっぱりこの部屋は埃《ほこり》っぽいし、秒針の音は重たい疲労になってのしかかる。

カーペットの端っこを摑《つか》んで呟《つぶや》いた。飛べ絨毯《じゅうたん》。あたしを外に連れてって、このまま。

どこかに行きたい、と頼み込んだら、美術館も映画館も行きたくないんだろ？　と返された。

確かにそうだ。美術館は嫌。映画館も嫌。あんなデートはミッションだ。涼香は苦い顔をした。人ごみに揉まれて敬介にキスしたいのを堪《こら》えながら一人でも見られる絵を二人で見る、敬介は恋人を楽しませようと汗水垂らす、それが何のための共同作業なのか涼香にはわからなかった。

美術館好きだよ、貸切りにできるんなら。映画館があたしたちの寝室になるなら通いたい。お外にはですね、お約束事がね、ありすぎてさ、白目をむきたくなってしまう。学校とか職場とかで十分なんだそんなのは。涼香は、彼と自分のルールを行使できる場所に行きたかった。

ラッコが貝を抱くように、敬介は涼香を後ろから包み込む。

だから家デートにしようってなったんじゃん、と敬介が言う。デートって言っても家だよここだよ？　うん家だけど。敬介の返答を受けて涼香は絶句する。どうしよう、なんて言えばいいんだ。

「どっか、行きたい」

さっきの台詞をもう一度繰り返す。

「どこも連れてってやらないなんて言ってないじゃん、行きたいところがあるなら言えよ、行こうよ」

わかってない。涼香は自分の太ももに爪を立てる。肉がついているわけじゃないのに、身体がだらしなくなっていきそうな気がした。

「大変だし、疲れるし」

でも外行きたいんだろ？　彼の声は程よい低音で、耳にも女心にも優しい。欲しい物を上手に伝えるのは困難だ。敬介が黙り込んでいる。眠たいんでしょ。敬介はううん、と否定するけれどその声は夢の世界に片足突っ込んでる時の声だった。眠ってもいいよ。涼香は敬介の身体を押し倒し無理に寝かしつける。眠ればいい。普段忙しいの知ってるし。目が覚めたらスーパーに行こうね。深夜のコンビニでも公園でも歩道橋でもいい。どっか。誰もいないアミューズメントパークに行こうね。


敬介には時間がない。敬介の部屋とか職場とか、敬介の半径一メートル以内だけ時間が巻きで進んでる気がする。

涼香は一人きりの部屋で溜息を漏らす。自分の部屋で横になる一人の時間。自分の時間が憎たらしい。デートがしたい。けれど敬介には休みが必要だ。お金ができたら敬介に時間を買ってあげたい。敬介は少し休んだ方がいいと思う。だからどうにかして時間をあげたい。敬介の時間だけ四十八時間に増嵩《ぞうすう》させるのだ。仕事するのに必要な二十四時間の上に、仕事から解放されるための二十四時間をプラス。その時間をお前といるのに使いたい、と思ってもらえたらいいな、と考えていたら首を絞めるようにじわじわと時が経ち脳が溶けていく。

時計の短針長針が重なった、音も立てず。時間はいっぱいあるのに、したいこと何一つない。涼香は自分の爪を眺めながら、長《なが》、と愚痴《ぐち》っぽく呟いた。

明日はバイトだ。あえて仕事と呼ぼう。親の前では。明日は仕事だ。短いスカートで家電の横に突っ立っているだけのお仕事。お客さんが来たらヘルプを呼ぶ。『白物家電の詳しい説明を求められたら山田さんに連絡』。

明後日はデートだ。涼香はベッドの上でブリッジをした。頭に血が上り白い壁が緑色に見える。透明な圧力が身体にかかり呼吸を楽にするため口を開けた。なんだ、この試練は。ぐだぐだしすぎて、身体から骨が抜け腐り落ちていきそうだ。時間がありすぎて、ありとあらゆるものが敵にまわっているような気がしてくる。敬介はとにかく忙しい。いつだって仕事をしている。そして涼香はひたすらに、敬介の仕事が終わりメールが返ってくるのを待っている。

し、ご、と、と呟きながら、ロボットみたいに階段を一段ずつ下りた。

好きな人にメールを送るのが、お仕事になったら良いのに。と涼香は思う。

「新しい壁紙に変えようと思うんだけど、どう？　この柄なんてお家にいるの楽しくなりそう」

母さんがカタログを見ながら、淡々とした声で問う。模様替えしたって川原家は川原家だ。壁紙くらいなんでもいいよ、と答えると、母さんは、その言い方っ、と大げさに慄《おのの》いた。

「部屋の中が新しくなったら嬉しいじゃない」

「うきうきするのは一日目だけで次の日からはもう飽きるよ」

「冷たい子」

へえ、とだらしない返事をして冷蔵庫を閉める。煮出しすぎた麦茶は真っ黒で汚れて見える。ペットボトルに入った既製品のお茶が飲みたかった。けれど仕方ない。コップの中を浮遊する茶葉ごと飲み干した。

「あんたお腹減ってるの？　何度も冷蔵庫開けて。昼ごはんちゃんと食べないからでしょ。いっつもお米残す」

「炭水化物はやなのー」

「暇なら洗い物やって頂戴《ちょうだい》」

「あたしバイトでいっつも立ちっぱなしなんだよ、足いたーい」

「母さんだって毎日台所で立ちっぱなし」

「あとでやる。今は忙しい」

横になったりメールを読み返したりわざわざ悩みをひねり出す時間はあっても、家事にさく時間はない。

「あんた洗濯物自分の部屋持ってって。階段とこに置いてあるから」

「あとで」

「先にやっちゃいなさいそのくらい」

「命令されるとやる気なくなるー」

「どうせ部屋あがるんでしょ、そのついでに」

「うんー」

「あんた結婚とかできるのかねえ……」

好きな人と戯《たわむ》れるための家事なら、いくらだってやる。ソファーで横になりながら延々と携帯をいじりまわす。

母が、唐突に呟いた。

「ナメクジだね」

だらしなくて、怠《なま》け者で、あんたは汚いナメクジだ。

ナメクジか。しかも汚いナメクジか。

涼香は麦茶を飲んだコップを水で軽くゆすぎ、冷蔵庫からこんにゃくゼリーを一つ拝借して部屋にこもった。

けれど。部屋に入った途端に食べる気が失せ、涼香は乾いた唇を半開きにし立ちすくむ。部屋の壁にナメクジがついていた。床に落ちたこんにゃくゼリーは木製フローリングの色を映しナメクジと同じ色に変わった。涼香はナメクジを睨みながら、おめーどっから侵入してきた、どこ行く気じゃオイ、と、拾ったこんにゃくゼリーを指人形にして田舎の不良中学生ぶってみる。雨の日しか外に出られないってどんな気持ちだろう。思い切り遠くに行きたいと思うものなのか、近場の水溜まりで済ませるのか。涼香は壁紙に爪を立てた。三日月形の、謎の生き物の足跡のような傷が残る。壁紙の色は十年前からクリーム色だ。もしも、毎日違う映画をスクリーンに映すように、部屋の内装を日々変えられたなら。横になり夢を見るように、疲労感無しで自由な旅ができるのに。次のデートはどこに行こう。

受付窓口にはカーテンがかかっているけれど営業中だ。裾から差し出された鍵を手に、ランプの点灯した部屋を開けて息をのむ。ここは理想の国。

真っ赤な壁紙はいつか見た舞台の緞帳《どんちょう》と同じ色、天井から降る黄金色の光はスポットライトみたいに期待を煽《あお》る。

涼香は靴を脱ぎ捨てた。嬉しすぎると動作が雑になる。あたしの行きたい場所はここ。魔法の絨毯無しで行ける部屋。赤い壁紙に右手を押し当てる。上手から下手へ幕を開けるように壁を撫でながら部屋を駆けた。その先にあるのはダブルベッドだ。でんぐり返しをして、天井の鏡を見上げた。ここがあたしの秘密の部屋。愛しい部屋。自分の部屋より、敬介の部屋より。

お前は獣か、と敬介が冷ややかに呟くのを無視して、涼香は新しい家に引っ越してきた子供みたいに、部屋を走り回り扉という扉をすべて開けた。まずは浴槽の扉。お風呂場でテレビモニター鑑賞なんてSF映画の登場人物みたい、悪役は優雅にくつろぎながら悪巧《わるだく》みするものだと涼香は決めつけている。次は冷蔵庫だ。涼香はコーラの缶を激しく振ってから冷蔵庫に戻す。ここに保存してあるのはたくさんの爆弾。この部屋は秘密基地だから、一つくらい暴発しても平気だ。なんなら自分でスイッチを押して砂糖のにおいで部屋中を甘くしてみたい。最後に、バスローブの袋を乱暴に破き、衣装チェンジ。変身完了。

今夜はこの部屋を乗っ取ってやる。涼香は人知れずほくそ笑む。この秘密基地も、バスローブも仮の姿だ。ここなら誰にも見つからない。窓は鍵がかかっていて開かないし、外も見えない。大好きな密室。完全に貸切り。なんでも好きなことができる。

涼香は布団を蹴飛ばした。敬介は八時出社だからあと十五時間。睡眠時間が六時間だとしても、九時間は話していられる。敬介はコンビニの袋をベッドへ投げてよこした。コンビニの袋は、スーパーの透明なのと違って中身が見えないから好きだった。サンタクロースの背負ってる袋みたいだ。ヨーグルトドリンクとチョコレートを掘りだした。プレゼントの包装紙を破くように、乱雑に銀紙をはがしていく。

「こんなんで、喜びすぎだろ」

「ちょっと、そんな言い方しないでよ」

「ごめん。夕飯何食べたい？」

「ピザの出前頼む？」

「いや、そういうんじゃなくて、いーとこ連れてってやってもいいよ。テレビに紹介されたピザ屋とかさーなんかどっか有名なとこ」

「どこも知らないいんじゃん」

「ググれば出るでしょ、検索してみ、俺お金出すから」

「お金ー？　出さなくていいし」

「夕飯おごる金くらいあるわ」

「でもこういうの楽しくない？　ここはワンダーランドだよ」

「お前がいいならいいんだけど。こんなんでいいわけ？」

「こんなんじゃないよ、全然こんなんじゃないしょ。ねえチョコレート開けていい？」

質素だなぁ、と敬介は板チョコを指さして感嘆する。違うよこれは贅沢《ぜいたく》なんだよ。涼香はパフ入りチョコを齧《かじ》る。チョコに閉じ込められたパフは舌で潰せそうなほど軟らかいのに、隙間を潜り抜けていく。幸せもそうあって欲しい、と感傷的になりながらもう一口齧った。前歯の痕を残して、豪快に。貪《むさぼ》れるのは幸福だ。大きな口を開ける欲張りなオトナなんか、はしたなく見えそうだし、オトナになれば胃がそういうのを受け付けなくなるような気がしてた。食べ放題を楽しめるのは子供のうちだけじゃないらしい。

「別にいいんだよ、ピエールマルコリーニとかデルレイとかそーゆーとこの買ってやっても。チョコ好きだろお前」

「ジャン＝ポール・エヴァンのチョコがおいしいことくらい知ってるけど板チョコでも十分楽しいよ。ねえ、こっひがははふぃって、あー折れた」

銀紙を剝《は》いで板チョコを齧ったまま反対側を敬介に差し出したけれど、板チョコは欠けてベッドに落ちた。一粒数百円のチョコレートより、一枚百円の板チョコを二人で齧りあいたかった。ねえ、今、さらっとスルーしたけど、『板チョコでも十分おいしい』じゃなくて『十分楽しい』と形容した箇所は重要なんだからね。こんな板チョコだからこそ。どうか察して欲しい。涼香はひっそりと祈る。ねえ敬介。お金を払えば楽に幸せが降ってくる。けれど何かと交換した幸せを受け取るよりも、幸せ錬《れん》成《せい》に奔走したい。だってあたしたち恋人だぞ。頭をひねれば幸せは産める。ラブホテルや板チョコなんかからでも。むしろ工夫しなければ楽しめないものにこそ惹かれる。工夫には愛が必要で、こんな板チョコから産んだ幸せは、あたしと敬介だけのものだ。涼香はマッチ箱を握った。マッチ箱の側面、ざらついた部分に親指を擦《こす》りつけると、ヤスリを撫でているような自傷感がして可笑《おか》しい。ついでに少し香ばしいにおいもした。

ねえ。火薬臭い手で敬介の服の裾を摑む。

「幸せを作る遊びをしようよ」

あー、と彼は言葉を濁しながらマッチ箱を手に取った。そして無言で一本擦った。マッチ対決だ。マッチの頭についた火が燃え、木の棒を黒く焦がしていく。火が綺麗《きれい》だねぇ、と呟くと、絶対お前怪我《けが》すんなよ、と敬介がぼやいた。火は徐々に敬介の指へにじりよる。敬介は親指の先までできたところで息を吹きかけ火を消した。あち、と呟いて灰皿へ焦げたマッチを落とす。マッチ対決は、火のついたマッチをギリギリまで手に持ち、焦げずに残った木の棒の長さを競う。涼香が編み出した遊びだ。

「いつか絶対、火傷《やけど》すんぜ」

こういう時間が一分でも長くあれば良い。マッチ対決に飽きるとベッドで陣地取り合戦をした。寝転がって、体当たりしたりくすぐったりして相手の身体をベッドの隅っこへ押しやるのだ。より広いスペースを確保しようと相手の身体をつつきあう。好きなだけ騒いでいい。何をしたっていい。限られた時間しか一緒にいられないのなら他人の目をはばからずくっつきあっていられるのが一番良い。キスが許される部屋なのだから、この部屋では大抵のことが自由にできる。

「甲羅」

涼香はうつ伏せになった敬介の上へ、ぴったり身体を重ね合わせた。敬介の肩甲骨で胸が押しつぶされる。両手首にしがみついて身体をささえ、敬介の太ももに膝を押し当てて自分の体を固定した。

「このまま眠ってもいいよ、あたし掛布団になる」

「落とすよ」

「やだ。亀は甲羅剝がしたらショック死します」

「お前は愉快なやつだね」

敬介が身体を軽くななめにずらす。涼香の身体は敬介の上から転がり落ち、悔しかったから彼の肩をかじった。敬介は痛がりながらけらけら笑う。

彼の髪には何故か火薬のにおいが乗り移っていて、涼香は灰皿に目をやった。残ったマッチ棒の燃えカスが山になっている。タバコの吸い殻の悩ましい灰より、焼け跡は激しい。タバコのように数分かけて一ミリずつ散っていくのとは違って、油を注ぎ時間を燃やしたようだった。恋人といると、どんな些細《ささい》なことでさえ蕩尽《とうじん》になる。少し贅沢すぎて怖い。

あんたは汚いナメクジだ。母さんが、敬介と無駄に戯れているあたしを見たらきっとそう罵《ののし》るだろう。たかがマッチとこんな板チョコ。ちっとも素敵に見えないもので、こんなに楽しくぐーたらできる幸福。涼香は心の奥で、ひそかに誇る。あたしたちは美しいナメクジなのだよ。

今更かもしれないけど、と、何回目かのラブホデートでくつろいでいる最中、敬介が尋ねた。

家デートと、ラブホデートって何が違うの。

涼香は天蓋《てんがい》付きの丸いベッドに寝そべっていた。天井は丸く凹んでいて、その凹みを囲うように電球が並んでいる。枕元のスイッチを押すと、飛び火するように電球一つ一つに灯が宿りベッドが赤ん坊をあやすように回り始めた。ここは閉園後の遊園地で、このベッドはコーヒーカップ。自分でぐるぐる操作すればいい。敬介は枕元のライトや有線をいじって遊んでいる。こうやって遊び方を探してる時、涼香はふと口元が緩む。あたしたちは恋人だ。

ねえ眠れば休みなよ、と呟いた時、敬介が怪訝そうな顔をしたのを涼香は見逃さなかった。家で昼寝はデートじゃなくて、ラブホで昼寝はデートなのか、と首をかしげている。

「ここはオリジナルテーマパークなの！」

何それ、と敬介は有線の音量を落とした。

「遊べて、休めて、なんでもできる外出先ってここだけだよ」

「とにかく、家にこもってるのは飽きたのね」

「あれはデートじゃなくてただの休憩だし。家の中でだらだらすんのって日常じゃん。それって全然色気ないよ。でも、非日常でこうするのは好きなの。夜中の散歩みたいで」

敬介に時間がないことも、できれば休日は息抜きと体力回復に費やしたいことも十分知っていた。ここでなら、一石二鳥だ。

敬介はベッドから起き上がり風呂場の戸を開ける。こうやって、色んな部屋を転々としながらたっぷりある時間の上に寝転がるみたいに小さな遊びを編み出していたい、高級だとか珍しいだとかまずいとかおいしいとかにも乗っからない、ただ敬介と部屋と時間が欲しい。あとはあたしの好きにする。ここのお風呂は虹色に光る。この瞬間のレインボーバスはあたしと敬介だけのもの。オーバーザレインボーとか大声で合唱しながらオズの魔法使いごっこができるな、緑の国に閉じ込められた女の子と、その子を救出する王子様設定とかどうだろう、と涼香は浴槽に身体を沈めた。大事にしている茶髪に泡が絡みマーブルチョコの色になる。

お湯は案の定満杯だ。二人でお湯を溢《あふ》れさせて遊んだ。浴槽の中で小さく兎《うさぎ》跳《と》びをし波を起こす。お湯はタイルへ溢れて泉になり桶《おけ》を船に変えシャンプーやリンスをなぎ倒し難破させた。脇にあるボタンを押したら、七色の光と泡が交差して、虹色の地獄谷になった。魔法薬を調合してる鍋みたいだ。涼香は水面の泡に手のひらで蓋をしながら呟く。

この薬水に浸った後、何かに変身してたりして。

パンダとか蛙《かえる》とか？　と敬介が尋ねる。蛙なら壁に叩きつけて元の姿に戻してあげよう、嘘だって、ちゃんとキスで王子にするよ。敬介が嫌そうな顔をしたから、涼香は手のひらに閉じ込めた紫色の泡を贈った。それは敬介に渡る前に、空気に溶けて消えた。

ふ、と敬介が溜息をついた後、呟く。

「力が抜けるわ」

……退屈で？　と意地悪く問うと、楽しくてって言わせたいんだろ、と見破られた。その先を言わせて欲しかった。楽しくて力が抜けるのは、自分たちで作ったルールで遊んでるからなんだよ、って。

ラブホで自堕落《じだらく》になっているあたしはきっと綺麗だと思う。けれど、家でだらけているあたしは、誰にも見せられないくらい、やっぱり汚いんだと思う。

誰より先にお風呂に入ると、バスタオルを頭に巻いたままソファーに座った。

母さんは新聞紙をビニール紐でまとめている。台所脇に溜めていた新聞紙は、湿気た煎餅《せんべい》みたいにだらしない。新聞紙とビニール紐が擦れ合う音を聞くと神経が磨《す》り減った。

皿洗いは楽しくしない。掃除機は足置きにする。どれも、全く素敵にする気が起きない。

家事も勉強も何もかもに背を向けて寝転がる。幸せ召喚《しょうかん》を諦《あきら》めて寝そべっている時、あたしは汚いナメクジだ。

何もせずだらだらするのが辛いなら、皿洗いや掃除にも魔法をかけて楽しくすればいいのに、敬介とラブホにいる時のようにはいかなかった。

最近の敬介は、少し優しい。

こないだのデートでは、敬介から珍しいプレゼントがあった。

「テーマパーク、って言ってたから」

何度かラブホデートを重ね、ここはテーマパークなんだと何度も口を酸っぱくして教えたせいだろうか。敬介も徐々に理解しはじめている。

ベッドに落とされたのは、音の鳴るパーティークラッカーと、ライブなんかで振るケミカルライトだった。涼香はふむ、と首をかしげる。

「……これ、何に使うの？」

「用途は……そうだなぁ」

考え込む敬介を見て、涼香はベッドの上で暴れた。

「その知恵がなきゃ。材料だけそろえたって工夫無しじゃテーマパークは完成しないだろうがー！」

「あー、じゃあ、今日は式典にしよう。ラブホ開業式典。オープン記念日」

「いいよ、パーティーね。オープン記念とかじゃなくて、さよならライブにしようよ。さよなら日曜日ライブ。ぐっばい、しーゆーあげいん」

「うおー、明日、月曜日かー」

ホテルにあったカラオケで合唱したけれどすぐ飽きて一時間昼寝、ケミカルライトを刀みたいに振り回して侍ごっこをした後、日付が変わる頃に、こんにちは月曜日、とクラッカーを鳴らした。ホテルを出たのは朝の五時で、敬介はパソコンを取りに一度自宅へ戻ってから出勤、涼香は自宅で仮眠してから大学だ。こういうオールをした後、気だるく朝寝するのも好き。一度飲み込んだ幸せを再度噛みしめているような贅沢。

この楽しさはきっとあたしたちにしかわからない。傍目から見たら怠惰なことを楽しくこなせるとき、あたしたちは美しいナメクジだ、と涼香は思う。美しいナメクジになれたとき、涼香は敬介のことがもっと好きになる。


扉を開けて、広がるのは未知の基地。ほう、と涼香は息をのむ。敬介は今日はキスをする気分じゃないらしい。ただ、涼香も敬介も、ラブホは肉欲を満たすためだけにある部屋じゃないことをよく知っている。一緒にいられたらそれだけでいい、わけじゃ無いのは当然だ。かといって有名デートスポットに行けば完璧なわけでもない。ラブホは無名のテーマパークで、ノーブランドの遊園地に侵入した時、あたしたちは自分の望む姿に変身することができる。

敬介が「これは宇宙船？　それとも潜水艦？」と壁に直接描かれた絵を指さした。どっちがいいだろね、と涼香はほくそ笑む。

宇宙と海底を区別する印なんて必要ない。印があったって、あたしたちのルールに従わせ捻《ね》じ曲《ま》げてしまえばいい。壁には星屑の波を泳ぐイルカが描かれ、照明を落とせば金色の流れ星がクジラの前を横切った。ここに迷い込んだ我らの正体は、と涼香は青白く光る枕を抱く。宇宙船の乗組員で、空の果てを目指していたら一周して海に来た。水に包まれてる、と動揺するけれど困惑は一瞬で終わる。空の果ても海の底も同じ、あたしたちしか来られない異世界の青さに胸が躍り、重力を我が物にしたかのように手を取り合う。涼香はベッドで敬介の手を掴んだ。シーツには桜色の星が散らばっていて、春の夜の庭みたいだ。敬介の手を強く握ると、ベッドスプリングを使って高く高くジャンプ、そのままシーツへ倒れ込む。敬介は、予想外に跳んだな、と笑い、涼香は感激のあまり迂闊《うかつ》にも泣きそうになる。

やっぱり、敬介が好きだ。涼香がそう呟くと、やっぱりってなんだよ、と笑われた。もしかして墓穴掘っただろうか。涼香は青ざめたけれど、敬介は言及してこなかった。

昨晩、涼香はメニュー表の無いバーに行った。男の人と二人でだ。

ブルームーンで、と調子に乗って頼んだら、お金持ちの城田さんは

「せっかくだから、揺れるフルートグラスで出してもらえる?」とバーテンさんにお願いしていた。フルートグラスは背が高い。だから涼香は、じゃあやっぱりフルーツ系で甘くないので何かお任せします、と丸投げにした。お通しと思われるナッツの小皿は、残りが少なくなると自動的にレーズンとかチョコレートとか新しいものと交換される。

「綺麗でしょ、このグラス。底が丸くなってるから、揺れるんですよ」

城田さんは、すごいですね、と緊張気味に答える涼香を見て微笑んだ。城田さんは、立ち上げた会社を海外に売って、そのお金で悠々自適な生活をしているらしい。家電屋で棒立ちしている女に声をかけるってことは、他にもたくさん囲っているだろう。女の子に贅沢させられる余裕があって気が利くのにモテないわけがない。年もまだ三十後半くらいだ。けれど好きにはなれない。涼香はアルコールの苦みに顔をしかめながら、城田さんの親指がすごく短いのを見て、絶対抱かれたくない、と思った。けれど、浮気するにはぴったりかもしれない、とも思った。

敬介のことを考えてばっかりの、暇だけど余裕のない女です、と敬介に思われたら、おしまい。お金を使う贅沢を知らない貧相な女、と思われたら、それもまたおしまい。だからお金持ちと浮気するべきだ。敬介とよりよい関係を築くためには浮気するしかない。涼香は苦いカクテルを、ワインみたいに回しながら決意を固める。

城田さんはパリの喫茶店で朝からワインを飲むのがたまらなく好きだ、という話を長々としていた。でも男一人で行ってもそんな楽しくなくてね、と饒舌《じょうぜつ》に語る。これは、君も来たいんだったら連れてってあげてもいいよ、ということだろうか。チョコがおいしすぎて会話する気になれなかった。煮詰めた琥珀《こはく》を太陽の傍で焦がしたようなチョコは見た目がすでに只者《ただもの》ではない。それが目の前の小皿へ、無料ですよ、みたいな体で次々出される。チョコを摘まむ手はやっぱり止まらなかった。それは城田さんの力じゃなく、純粋なチョコの魔力でしかないけれど。

僕もこのグラスで何かもらおうかな、と城田さんはショートグラスを空にした。涼香はまだグラスを回していた。中の液体はいつまでも揺れている。

「良いバーでしょ。好きなものなんでも頼みなさい」

涼香は必要以上に攪拌《かくはん》させたカクテルに口をつけてから、あのう、と食事以外の目的で口を開いた。

「……で、私はここで何したらいいんですかね」

城田さんは、は、と一瞬驚いた顔をしてから「何もしなくていいに決まってるじゃない」と微笑んだ。涼香の薄い唇は震えた。

「まだ十時ですね」

退屈。時間が経つのが遅かった。勝手に降ってくる贅沢を右から左に浴びる。ただ目を閉じて時間を消費している時、あたしはやっぱり汚い方のナメクジだと思う。お金で幸せになるのは簡単だけど、そこには自分の遊びが無い。遊ばないと、あたしの身体はただただ怠け汚れていく。

「そんなに警戒しなくていいよ。何もしないから」

城田さんは終電前にタクシーに乗せてくれた。浮気の覚悟を決めて、この下着は敬介の前ではもう穿けないと涙ながらに黒のレースショーツで喪に服して来た。けれど涼香は何事もなく帰ってきてしまった。

――やっぱり敬介が好きで好きで、困ったな。

昨夜の記憶を消し去るようにベッドで足を揺らしながら、敬介を見上げた。

「そうだ、俺お菓子持ってきたよ」

「甘いやつなら食べる。しょっぱいのだったらいらない」

「よかったね。甘いのだよ。高そうなのもらったから、一緒に食べようかと思って」

敬介がカバンから取り出したのは、厳重な箱に入ったチョコレートだった。涼香は瞬きをする。商品名も、裏の成分表も、全部英語で書かれていた。

「外国のチョコ？」

「うん、もらった。ベルギーだって。中にナッツ入ってるらしい」

もらった、という言葉に怯《おび》えるのは、心が醜い証だろう。誰にもらったの？　敬介にチョコを与えた手を思い浮かべる。脳裏を過《よぎ》るのは女の人の細い手首、ブランド物で男の目を引く時計を巻いてるんだ。その妄想を打ち消すために涼香は喋《しゃべ》った。

「敬介行きたい？　ベルギー」

「え、お前行きたいの？　旅行とかいっつも遠慮するじゃん」

「敬介のことを聞いてるの」

「俺は別に」

「連れてってあげようか」

「は、お前が？」

「嘘行かない。ここで十分だしね」

そう思うよ俺もそれで十分だよって、お金もないしお金をかけるよりのんびり時間をかけたいじゃないか、と、そう言って欲しい、それなのに敬介は、ああ、と相槌しかくれずに褐色の肌を軽く掻いた。チョコを一粒口へ放り込む。舌を痺《しび》れさせるような濃い味、溶けきると固くて丸い芯が残る。歯の裏にあたればカンと寒々しい音を立てた。周りをコーティングしてるチョコと芯のナッツと、どっちが油分多めなのだろう。油分を摂取すると快楽物質が出るらしいけど、と涼香は落ち着きなく舌の上でナッツを転がす。普段食べる板チョコよりも特別良い香りがした。マッチの火薬臭いにおいとどっちが鼻に残るだろう、天秤にかけてみる。答えはわからない。ナッツに歯を立てることができず、飴玉みたいに転がし続ける。敬介がナッツチョコを一粒、摘まんだ。だめ、と止めようとしたけれど遅い。敬介はそれを口にほおばった。言うな。涼香は次に飛び出すであろう言葉に対して身構える。

「おいしいな」

敬介はチョコをナッツごと咀嚼《そしゃく》しながら、食べきる前にもう一つ口に放り込んだ。

「外国の高いチョコの味って感じ」

楽すんな。涼香は下唇を噛んだ。敬介のその感想は高い物もおいしい物もろくに知らないアホっぽいセリフで、笑うところのはずなのに、頭に上った血と滲《にじ》む涙とで涼香は瞳から頬まで真っ赤になった。楽して幸せになる方法があることくらい知っている、けどそれは城田さんとか女友達とか母さんとかでも使える低級魔法だ。恋人としか使えない高級魔法の呪文を言わせて、材料は簡単に採集できるよ、板チョコ一つ、レインボーバス一つ、はいクリア。敬介。涼香は枕元のティッシュを引き抜くと、ナッツをそこへ吐きだし、包んで捨てた。

「嫌いなの？」

「ニキビとかフキデモノとか、いっぱいできるんだよ。豚になる。楽して満足して肥えたただの豚」

「食べ過ぎたらだろ？　これ全部一気に二人で食べちゃったら、そうなるかもしれないけど。ちょっとずつ食べれば大丈夫だよ」

「毎日食べてたらこの味に慣れて、何の感動もなく右から左にチョコ食べるんだよ、糖分摂取そして満足、みたいな感じでさ。だから豚だってば」

「味ってさー、すぐ忘れるよな」

「忘れる？」

「うん、忘れる」

「忙しい人のセリフっぽい。なんかすごく嫌味」

そう言われても、と敬介は困り顔でナッツの箱をテーブルへ置いた。彼には、あたしのことを思い出したりする時間すらないのだ。涼香はシーツの端を握る。お金をかけて贅沢をして、楽にデートの痕跡を残さないと、すぐ忘れられてしまうのかもしれない。証拠が欲しくてデートするんじゃないのに。事実を作るなんてただのミッションなのに。幸せを産む苦労ができるのは学生の特権なのかもしれない。あたしなんか、敬介のことを考える時間しかなくて二人の関係を爆発させてしまいそうだから、消火剤として浮気しなければと思うくらい、全身全霊で時間に溺れているというのに。

「あと何個食べる？」

　敬介はベルギーナッツチョコの箱を指さした。いらない。贅沢なものを二人でおいしいねおいしいねと食べるのが幸せなことも知っているけれど、そういう楽は薄っぺらくて、疲れて、尽き果てるんだ。

「あたし板チョコの方が好き」

　じゃあ、と敬介が事も無げに微笑んだ時、メガネの角が光った。

「じゃあ、お前チョコレートのとこだけ舐めて、ナッツだけだしなよ。残したの俺が食べるから」

「チョコのとこだけでもさ、ほら、おいしいだろ」

　敬介から与えられたチョコはあたしを甘やかす、自己発明することを忘れてしまう。おいしい物も贅沢もいらないから時間をください、ゆっくりできる時間、と願いながらチョコを食べる手が止まらない。自由気ままに跳ねている敬介の髪型がムカつく。優しくされると八つ当たりしたくなる。

「全部食べな、俺はお前が残したナッツだけでいいや」

　敬介は涼香の口元に手を運んだ。涼香は前歯の間にナッツを挟んだ。親鳥と小鳥が餌《えさ》を分けるように、敬介は唇でそれを受け取る。敬介が食べるのに合わせてゆっくりチョコを取り込みながら、ナメクジみたいに身体を伸ばす。

　チョコを食べ終えた涼香は腕時計を見ようとして、横転した。腕は波打つ布状の櫂《かい》に変わっていた。平坦《へいたん》な文字盤を這《は》うのに丁度良い。足でベッドを蹴ろうとすればシーツが張り付き身体を絡めとる。両足は襞《ひだ》の塊《かたまり》になり乾いた布を吸い寄せた。

　もがいた時、視界の端を茶色い小枝が横切った。枝の先端が円い。首をかしげると、その小枝も一緒に動く。腕の感覚が消えたかわりに、頭に生えたその触覚は自在に蠢《うごめ》いた。溶けそうなのに溶けない命、ぬるゆる、ぬるゆる。貪り合えるほど近くにいるのに果てのない宇宙に落ちたような、時間と距離を消す魔法だ、あたしが歩んだ後には時速不明な彗星《すいせい》の尾ができる。朝になったら薄れてもいい、せめて消えないよう爪を立てるように光の痕だけ残したい。雨が止んだら帰らなきゃ。天気がわからなくて目をつぶる。ずっとここにいることはできない。

敬介。敬介の身体は指の先から少しずつ雨粒に変わっていた。ぷつりぷつりと房からブドウの実を一粒ずつちぎっていくように、敬介の身体は細かく溶けていき、その雫《しずく》はふたたび寄り集まってベッドシーツに水溜まりを作る。結集した水滴は時計台の文字盤よりも大きな泉になった。涼香はその泉の上を、時計回りにゆっくりと這う。秒針の音を滅するつもりで回る。この身体は湿った地面を歩むのにとても都合が良かった。無重力の中を自分らの生んだ重力で歩む万能感。密やかに微笑む。濡れた文字盤の上では時間の速ささえ思いのままだ。雫になった敬介が落ちる水音と涼香が這う音が織り交ざり雨の音になる。涼香は寝返りを打つように、目を閉じて雫の中を進んでいく。

まだ帰りたくない。あともう少し、もう少しだけ。

ヨーの話

青山七恵

コラム――村上春樹、そして私

マチコちゃんの報告

青山七恵

あおやま・ななえ　一九八三年、埼玉県生まれ。小説家。二〇〇五年に「窓の灯」で第四十二回文藝賞、二〇〇七年に「ひとり日和」で第百三十六回芥川龍之介賞、二〇〇九年に「かけら」で第三十五回川端康成文学賞を受賞。著書に『すみれ』(文藝春秋)、『快楽』(講談社)、『めぐり糸』(集英社)などがある。

高校生のとき、仲良くなったマチコちゃんという女の子がいて、読書家だった彼女はある日突然晴ればれと、「わたし、図書室にあるハルキの本をぜんぶ読んだ」と言ってきた。

当時、読書好きの女の子はたいがいみんな、村上春樹さんの本を読んでいた。そうした女の子たちは、大笑いしたり、だらしなく足を広げて座っていても、なんとなく一皮むけているというか、見た目にも大人っぽくて、かつ挙動がいちいち軽やかなのだった。オカベ、というねぎ畑だらけの小さな町出身の、笑うと太陽を擬人化したイラストみたいになるマチコでさえ、言われてみればシャーペンを回す指の動きが昨日の倍は軽やかだった。わたしはあせった。あせった結果、マチコが読んだのなら自分はいいや、本、ほかにたくさんあるし……と、ひねくれた。

それでずいぶん長いこと、春樹さんの本を読まないできてしまった。大人になって初めて、『スプートニクの恋人』を読んだ。すごくドキドキした。一読してマチコの、そして春樹さんの本を読んでいた女の子たちの、スカートがあやうげに風にひるがえるさまを、久々に思い出した。あせってすねて、わたしが永遠に失うことになってしまった、あの軽やかさ！　悲しいかな、ある程度生きて、ある程度頑固になった人間の心は、どんなにドキドキしてみても、そのドキドキの跡地が日常の雑事でみるみる埋まってしまって、重くはなっても軽くはならないようだ。だからこそ、彼女たちの軽やかさが一生ものであるように思われて、今は素直にうらやましい。

高校卒業後、マチコとはすっかり没交渉になったけど、何かの折に、マチコは地元の人と結婚して赤ちゃんを産んだと聞いたことがある。ねぎ畑で赤ちゃんをあやすマチコを、想像できるようなできないような。『１Ｑ８４』や『色彩を持たない多崎つくると、彼の巡礼の年』を膝に載せ、晴ればれとしている三十一歳のマチコを、想像できるようなできないような。

ヨーの話

朝、目が覚めると、ヨーは窓辺に立って太陽を待つ。

角ばったビル群のすきまから最初の曲線がのぞき、上半分が見えるまでのほんのつかのま、太陽はイチゴとオレンジをぐずぐず煮込んだような色をしている。朝日のくせにもう夕焼けみたいなんだ、ヨーは思う。とはいえこの部屋は東向きだから、ここしばらくは夕焼けを目にしていない。本当の夕焼けがどういうものだったか、今はぼんやりとしか思い出せない。

ぶあつい窓ガラス越しにも朝の光はヨーのからだに届いて、温め、伸ばし、眠りでゆるんだ目の奥の奥までしみてくる。でもその光の曲線がビルの直線と離れぽつんと空に浮かんでしまうと、太陽はみるみる白っぽく色あせていって、彼女のからだはもうそれ以上、温まらない。

ヨーは赤坂にある、おおきなホテルに住んでいる。

部屋番号は３７１２、いくつもあるスイートルームのうちの、とりわけ豪華な一室だ。ときどき別の部屋に移動しなくてはいけないこともあるけれど、たいていは３７１２号室にいる。もうずいぶん前からいる。

「今日はがらんがらんだった。」

朝食から帰ってきたお姉ちゃんが言う。開けっぱなしのバスルームの洗面台に水が流れ、ぶくぶく口をゆすぐ音が部屋じゅうに響く。

「かわいい家族がいたんだけど……子ども……して……ハナ……」

水音が止まると同時に聞こえた声は、でこぼこしていて耳にぜんぶは届かなかった。お姉ちゃんはたぶん、タオルで口を拭きながら喋っている。

「何してるの、早く行きなよ。」

今度はすぐ近くで聞こえたその声にせかされて、ヨーは部屋のドアを開け、そっと外に出た。

ホテルの廊下は空調管理がされているけれど、やっぱり冬の朝だから、裸のヨーには寒さがこたえる。ふさふさと波打つような毛足の長いじゅうたんだって、素足には冷たい。見えない肌に細かな鳥肌が立つのを手のひらでさすりながら、ヨーはエレベーターに乗って、朝食のレストランがある一つ上の階まで昇っていく。

天井まで届く巨大な観葉植物に囲まれ、真んなかにちいさな噴水のあるレストランは、お姉ちゃんの言うとおりがらんとしていた。

入口の指揮台のような受付には、黒々とした髪をぴっちり撫でつけた男が前傾姿勢で寄りかかっていて、細長いペンを指先でくるくる回している。通りすがりに盗み見ると、台に載せた紙にはツノつきのゾウみたいな動物が描かれている。ここ一週間くらい、彼は毎朝この動物を描いている。もっと前には、ライオンとワニを足したような動物や、顔のある魚の絵を描いていた。

なかで食べているのは、ひときわおおきいヤシみたいな植物のそばに座っている、金髪の五人家族だけだった。この家族が、お姉ちゃんの言う「かわいい家族」なのかもしれなかった。三人の子どもたちの鼻は、皆ちょこんと上を向いている。給仕の若い女の子たちは揃って両手を前に組み、肖像画に描かれるような神妙な顔つきで、空席だらけのテーブルを見守っていた。

ビュッフェ台の前に立ったヨーは、籠に山盛りになっているパンのうちからロールパンを一つ、それから美しくカットされ並べられているフルーツのお皿からパイナップルの一切れをさっと失敬して、台の下の暗がりに座って食べる。食べ終えると音を鳴らさないよう注意して、コーヒーポットからコーヒーを注ぐ。その場に座ってちょっとだけ口をつけたとき、金髪の家族のテーブルからわあっと陽気な笑い声があがった。ヨーはカップを持ったままヤシの木の後ろまでじゅうたんをはいつくばり、そこで聞いたことのない外国の言葉を聞きながら、熱いコーヒーをゆっくり飲みほした。見上げると、天井近くに広がる緑の葉っぱが手を振るようにゆらゆら揺れた。ガラスのシャンデリアもきらきら光った。

朝食を終えたヨーが出ていくのと交代に、おおきな銀色のスーツケースをひきずったビジネスマンの集団がレストランに入ってくる。受付の男はたちまち背筋を伸ばし、台の上の落書きを裏返して、柔らかな笑顔で「おはようございます。」と声をかける。すれちがいざま、一人のビジネスマンのスーツケースの車輪がヨーの足を踏んだ。うめきたいのをこらえて、ヨーは開きっぱなしのエレベーターに乗って部屋に帰った。

決められたリズムでノックをすると、内側からお姉ちゃんがドアを開けてくれる。いつもならすぐ「何食べた?」と聞いてくるお姉ちゃんが、今日は何も言わない。不安になって、「お姉ちゃん?」と

声をかけた瞬間、

「透明人間！」

叫び声にびっくりして振り向くと、バスローブだけが宙にぷかぷか浮いていた。お姉ちゃんがふざけているのだ。お姉ちゃんは週に一度くらい、備え付けのバスローブを着て、こういうおふざけをする。もう何百回も繰り返している。

なんの支えもなくただ宙に浮いているバスローブは、見慣れているはずのヨーからしてみても、気味が悪かった。やっぱりこういうものは、見えるひとたちのために作られたものだ。

「バッカじゃない？」

そう言いながらも、ヨーもこのおふざけが好きで、お姉ちゃん一人を相手に、同じく何百回も繰り返しているのだった。二メートルほど前の空間で大の字に広がっていたバスローブは、突然しゅっと細くなり、折り畳まれ、窓のほうに移動していった。

「さっき、お掃除の人が来たよ。」

洗面台でうがいをしていると、後ろからお姉ちゃんが言う。ヨーはタオルで口を拭きながら、鏡越しに、お姉ちゃんが立っていそうな場所を見る。

「じゃあお客さん、来るのかな。」

「たぶんね。」

「久しぶりだね。」

「からだのおおきいひとじゃないといいよね。」

「でもそういうひとは、あったかいから……」

その晩、真夜中近くになってようやく部屋に案内されてきたのは、若くてきれいなのにくたびれきった、髪の長い女のひとだった。いくつもスーツケースを持ったベルボーイを従えて、くっきりしたお化粧のお付きの女性たちからやさしい言葉をかけられても、ふてくされたような返事しかしない。部屋に一人きりになると、彼女はぎゅっと目をつむり、長いソファに倒れこんだ。泣いているみたいだった。そのまま寝入ってくれればいつものようにベッドが使えて好都合だと、窓辺から見ているヨーは思った。でも彼女は突然むくっと起き上がるなり、誰かに電話をかけはじめ、相手が出る前に投げつけるように受話器を置くと、ハンドバッグから取り出した白い粒を飲んでバスルームに駆けこんだ。叩きつけるようなシャワーの水音が長く続いた。髪を揺らし、水滴をぼたぼたしたたらせながら戻ってきた彼女は、ベッドに身を投げ出して、あっというまに眠ってしまった。

お姉ちゃんは裸の彼女に毛布をかけてあげた。そして、

「あたしたちもこんなかかな。」

と言った。


ヨーは一緒に暮らしているお姉ちゃんを、ただ「お姉ちゃん」と呼ぶ。名前は知らない。ヨーのお父さんもお母さんも、彼女を「お姉ちゃん」とだけ呼んでいた。

お姉ちゃんとここに二人で暮らすようになってどれくらいの時間が経つのか、ヨーにはわからない。小さい頃は、家族四人で日比谷のホテルに住んでいた。その部屋は西向きだったから、毎日夕焼けが

見えた。でももう、記憶はあいまいだ。あんたもあたしもそこで生まれたのだとお姉ちゃんは言う。姉妹は生まれたときから今までずっとホテル暮らしで、そのほかの生活を知らない。

ホテルの部屋は夏は涼しく、冬は暖かい。それにレストランでこっそり食べ物を手にすることだってできるし、シャワーやトイレだって使える。運動不足だと思ったらスパのプールで泳ぐことだってできる。ふつうのひとたちの邪魔さえしなければ、透明人間にとって、ホテルはとても合理的な住まいだった。ヨーが生まれる前は、一年先まで予約でいっぱいになるほど騒がしい時代もあったみたいだけど、今は不景気だから、週末にならないと部屋はめったに埋まらない。なかでも上のほうにあるスイートルームはほぼ毎日、空室になっている。クリスマスやお正月休み、それからときどき海外から来た俳優や、お金持ちの偉いひとたちが泊まりにくるだけだ。

だからヨーは、この広々とした3712号室にお姉ちゃんと二人きり、空調をすみずみまで効かせて、たいてい一日じゅうテレビを見たり、ルームサービスのメニューを眺めたりして過ごす。今晩みたいに泊まり客があるときには、邪魔にならないよう部屋のすみのほうでじっとしている。当然、夜はベッドを使われてしまうから、夏場ならソファで寝る。冬の夜は仕方なく、二台あるベッドのどちらかの足もとにこっそり潜りこませてもらう。おおきなベッドだから、からだが触れてしまうことはめったにない。でもまれに、寝相の悪い泊まり客が足の爪でヨーの肌をがりっとひっかくことがあって、そういうときは声をあげて泣きたくなるほど痛いのだ。

ヨーのように、いつも皮膚をむきだしにしているひとを傷つけるものはどこにでもある。

ショーツを穿かないお尻で椅子に座るのは痛い、靴下を履かない足で外の道を歩くのは痛い、シャツを着ない胸で風を受けとめるのは痛い。寒さも暑さもそれぞれに違う痛みだ。ヨーの生活はほとんど痛みでできている。でもそのほとんどの痛みに、ヨーは耐えられる。生まれたときからそうなのだから、耐えているという意識もない。

ヨーたちが服を着ないのは、ひとえにふつうの人間たちのためだった。何しろからだが透明なものだから、服を着たら服だけが宙に浮いているように見えてしまう。ふつうの人間は、そういう眺めをみとめられない。そんなことは、物理学的にも、生物学的にも、天文学的にも、みとめられない。でもヨーは、服を着て生活するふつうの人間をみとめなくてはいけない。「わたしたちのほうが変わっているのだから。」ずっと昔、お父さんとお母さんは、口ぐせのようにそう言っていた。

ときどきヨーは、お父さんとお母さんのことを懐かしく思いかえす。

小声でやさしく名前を呼ぶ声や、食べたものがすぐわかる息の匂い、腕なのか足なのかははっきりしないけれど、自分を抱いてくれたそのからだの温かさや冷たさなどを。

夏になって、お姉ちゃんは一人で外出するようになった。

「あたし、出会いたいから。」

裸でふらふら出歩ける夏は、見えないひとたちにとって出会いの季節だ。

透明人間が透明人間に出会うには、街中に行って、おおきく両手を広げ、なるべくからだの面積を広くして、ひたすら歩き続けるしかない。なんにもないところで、からだのどこかがそこと同じくらい柔らかく温かいものに触れたら、それが出会いなのだった。ヨーのお父さんとお母さんもそうやって出会った。

でも今のところ、お姉ちゃんは誰にも出会えていない。3712号室にハンサムな男のひとが泊まっているときは、相変わらず「今日は楽しむわよ。」とヨーに耳打ちする。

ハンサムな男のひとというのは、たいていきれいな女のひとと一緒に泊まっているものだけど、それはたいした問題じゃない。二人の行為がすんだあと、女のひとだけが眠ったりお風呂に入っているとき、あるいは彼女が帰ってしまって男のひとがベッドでうとうとまどろんでいるときに、さっと楽しめばいいのだ。お姉ちゃんにやりかたを教わったから、ヨーも何度か経験がある。たいてい、お姉ちゃんが先に楽しんだあとにヨーがおこぼれをあずかって、ほんのちょっぴり楽しむ。もちろん、最初から女のひとなしで、一人でお酒を飲みながらポルノを見ているひととは、お姉ちゃんもヨーも最後までうんと楽しめる。

初めはびくびくしていたヨーだけど、酔っぱらっている男のひとは、相手のからだが見えていようが見えていまいが、たいして気にしないのだった。とはいえ出し入れの最中、ヨーのからだに飲み込まれ消えてしまう自分の性器を目の当たりにして、正気に返って悲鳴をあげるひともいる。逆にそういう眺めを気に入って、ますます興奮するひともいる。彼らにとって、ヨーは純粋なからだだった。触れて撫でて、好きにさすったり揉んだりできる、よくこねられた粘土のように従順なからだだった。実際、ヨーがちょっと抵抗してみるときだって、彼らはそういうからだを思うがままに触っているように感じるのだった。

ヨーと行為を終えると、男のひとはぐうぐういびきをかいて寝入ってしまうか、はっと我に返ってシャワーを浴びにいく。寝入ってくれるとヨーはうれしい、反対に、バスルームに行ってしまうとヨーはさびしい。だからついついあとを追ってしまうのだけど、バスルームでの彼らはたいてい、鏡の前に立っている。写真撮影みたいに次から次へといろんな表情を作っているひともいれば、口元をぎゅっと引き締め、凍りついたようにじっと鏡に見入っているひともいる。まるで一瞬でも目をそらしたら、たちまちそこに映る自分の像が消えてしまうのだと信じきっているみたいだった。

ヨーは自分のからだが見えないから、鼻の高さとか歯並びなんかにコンプレックスを抱いたことはないし、顔の真んなかにボタンみたいなにきびができていたとしても、ちっとも悩むことはない。面倒くさくなくていいな、と思うけれど、やっぱり自分に「見た目」というのがあるならば、どんな具合か見てみたい。見えるひとのかたちを思い浮かべて自分を触ってみるかぎり、だいたいは同じだ。目が二つあって、そのあいだにとがった鼻が一つ、おっぱいは二つふくらんでいるし、下にはおへそだってある。頭や足のつけねや脇の下にはふさふさと毛が生えている。でもホテルに泊まりにきたり、テレビに出てきたりするひとのなかには、それとはちょっと違うかたちをしているひとがいるのも、ヨーは知っている。そういう、見えるひとたちのおおきな違いもちいさな違いも、ヨーにとってはうらやましいものだった。彼らと自分の違いだけが、ヨーにとって違いのすべてだった。

大丈夫、鏡に映るあなたは消えない、見えないわたしにはあなたがこんなにもちゃんと見える。

そう言って、鏡に見入っている男のひとたちの肩をヨーはやさしく抱きたい。でも彼らの目はすっかり醒めてしまっているから、それはもう、できない。

ある年、西のほうで、ちいさな子どもたちに関わるとても残酷な事件が起こって、テレビのニュースは連日その事件でもちきりになった。

その犯人らしき人物から新聞社に送りつけられた手紙が画面に映った瞬間、ヨーはテレビにくぎづけになった。角ばった赤い文字で、犯人は自分のことを、「透明の存在」だと書いていた。

「透明の存在。」

ヨーは思わず、声に出して読んだ。そしてテレビから目を離さず、お姉ちゃんに聞いた。

「このひと、わたしたちの仲間かな。」

「そうかもね。西のほうにもいるんだ。」

「お姉ちゃん、西にはこういう人が、このあたりよりもたくさんいるかな。」

「さあね。」

「行ってみる?」

「いつかね。」

しばらくして逮捕された犯人はヨーの仲間ではなく、目に見える人間で、しかも十四歳の少年だった。

ヨーはがっかりした。けれどもあんなにひどいことをする人間が自分の仲間でないと知って、心底ほっとした。そして猛烈に腹が立った。子どもとはいえ、見える人間が見えない人間を名乗るなんて本当におこがましい、あのひとたちにいったい、わたしたちの何がわかる? でもその犯人の少年にだって、彼をつかまえた警察官にだって、ヨーは見られない。善人にも悪人にも、ヨーは等しく見られない。今までもこれからも、おそらくは永遠に。そのことがヨーには今、かつてなく、途方もないほどみじめに感じられた。

誰からも見られないのだったら、わたしだって、誰のことも見たくない……。そう思ってまわりを見渡すと、目に映るありとあらゆるものがヨーを傷つけた。ヨーは生まれて初めて泣いた。見えないヨーから流れる涙もまた見えなかった。ただ見るだけの目なら今すぐつぶしてしまいたい、ヨーは声をあげて泣いた。

相手に自分が見えず、自分に相手が見えること、それはたいていのひとにとって強みになることなのに、そしてそこにほんの少しの悪意が働けば、あまりにも簡単に相手を征服することだってできるのに、ヨーはひとびとのあいだにそういうまなざしのかけひきが存在することさえ知らず、ただただ、自分が見られないから泣くのだった。泣きながら、こんな悲しさをあの子も感じていたのだろうか、こんな悲しみの力だけで、ひとはひとを殺せるんだろうか？　そう問いかけてすぐ、殺せそうだ、と思ってしまった心をヨーは恥じた。

「でもわたしは、ぜったいに殺さない。」呟いて、ヨーはテレビの横のおおきな鏡の前に立った。見えなかった。そして思った、わたしは透明なのだから見えないのは当然だ、本当にかわいそうなのは、見えるかたちがあるのに見えないように扱われているひとたちだ。

いつのまにか朝になっていた。

昇ってきた夕日みたいな朝日が、鏡の前のヨーのからだを温めた。見えない手のひらでぬぐった見えない涙もまた、温かかった。

それから何年か経ったあと、とうとう誰かと出会ったお姉ちゃんは、ヨーに短い別れの挨拶をして、お茶の水のホテルに移った。

「あんたもそろそろ、外に出ないとね。六本木に新しいホテルができたみたいだから、行ってみれば。」

赤坂に移ってきてから、もう何十回目かの夏だった。ヨーは初めて一人でホテルの外に出た。

ひとの流れに乗って歩いていくうち、ヨーは六本木ヒルズという、テカテカしたちいさな街のような場所に着いていた。そこはスーツのひとや、Tシャツのひとや、ドレスのひとでどこもあふれかえっていた。森タワー前の広場でも、けやき坂コンプレックスでも、ヨーは気づくと少年ばかり目で追っていた。この子たちもあの子みたいに、一度は自分のことを透明だと思ったりするのだろうか?

ヨーは結局、今になってもなお、「透明の存在」を名乗ったあの少年のことが気にかかっているのだった。六本木ヒルズにいる少年たちは、とてもおとなしそうかとても生意気そうか、どちらか一つに決まっていた。おとなしそうな少年たちは、たいてい彼らがそのままおおきくなったような大人たちと一緒で、髪型も服装も清潔でさっぱりしている。生意気そうな少年たちはその反対で、見ればすぐにそれとわかる。

あなたも自分を、透明だと思ったことがある?

心のなかで問いかけながら、ヨーは少年たちのあとを歩いた。一日じゅう歩き続けて、夕方ようやく毛利庭園のベンチに腰かけた頃には、へとへとに疲れきっていた。ヨーは見えない汗をぬぐって目の前のベンチに目をやった。今日何度も見たような、もしかして一度はそのあとをついて歩いたかもしれないひょろっとした少年と、母親らしき女のひとが並んで腰かけていた。でも次の瞬間、ヨーの心臓は激しく波打った。さっきまで憂鬱そうに宙にさまよっていたはずの少年の視線が、今はまっすぐ、自分のほうに向けられているように見えたのだ。ヨーは彼を見つめた。ただ見つめるのではない、見つめ返すつもりで、少年をじっと見た……そうだ間違いない、あの重そうなまぶたは今、ちぎれそうなくらいめいっぱい持ち上がっている、あのおおきな二つの目は今、あふれんばかりの輝きをたくわえて見開かれている、わたしに向かって、わたしだけに向かって！

ヨーは立ち上がり、ふるえる足どりで少年に真正面から近づいていった。鼻と鼻が近づくくらいの距離まで来ても、少年は表情を変えなかった。その顔は、イチゴとオレンジを煮込んだ色に染まっていた。

はっとしたヨーが振り返ると、遠くの空に夕日があった。

久々に目にした夕焼けだった。まぶしくて、目がジンジンした。

「ほら、ぼうっとしてないで、そろそろ行くわよ。」

母親に袖をひっぱられた少年はみるみるうちに目の輝きを失い、再び憂鬱そうな表情を浮かべ、のっそりと立ち上がった。

ヨーはそのまま二人のあとを追った。一心不乱に追いかけているうち、いつのまにか地下鉄に乗っていた。成城学園前という駅で彼らは電車を降りた。そこから十分くらい歩いたところにある濃い灰色の屋根の家が、彼らの家だった。

成城の家には、それから四年近くはいた。

少年が受験に成功し北海道の大学に行ってしまったのと同時に、ヨーは家を出た。あてもなく小田急線沿いに歩き続け、かつて六本木で出会った頃の少年と似たような少年を見つけると、経堂にあった彼の家で三年の時を過ごした。彼が大学生になるとまた沿線の街で別の少年を見つけ、一緒に住んだ。あとはその繰り返しだった。

少年というのはだいたい似通っている。いつも何かしら食べていて、不機嫌で、マスターベーションをよくする。ヨーはそういう少年たちと共に暮らし、家にいるときには片時も目を離さずにいながら、僕は透明の存在だ、と彼らが口にしたり紙に書いたりするときを辛抱強く待ち続けた。そしたらヨーは彼の横に立ち、その肩に見えない手を置いて、「あなたはちっとも透明じゃない、わたしにはあなたがちゃんと見える。」と言ってあげるつもりだった。

赤坂のホテルに住んでいた頃、ヨーはお姉ちゃんと、悪い魔法にかけられた王子様が出てくるアニメの映画を観たことがある。魔法で野獣に姿を変えられた王子様は、長く苦しい日々を過ごしたのち一人の女のひとと出会って、心からの愛を捧げ、捧げられた。するとたちまち魔法はとけて、かつての麗しい姿に戻った彼は、彼を救った愛するひとと末永く幸せに暮らした。隣で観ていたお姉ちゃんは、「めでたしめでたし。」と鼻で笑っていた。ヨーも真似をして笑った。でもその笑いのすきまには、こんなふうに誰かを本当に愛すれば、自分たちもきっと本来の見える姿に戻れるんじゃないかという、はかない希望が響いてしまっていた。お姉ちゃんもヨーも、それに気づいて笑うのをやめた。

愛する、ということが、ヨーは今でもよくわからない。

でも、見ず知らずの若いひとにそっと寄り添い、大人になるまでのひとときをずっと見守り続けることは、自分のような人間にとって、愛する、ということの代わりになるような気がした。彼らが心から助けを必要とするとき、すぐそばに立って、心からのやさしい言葉をかけてあげれば、彼らも自分もきっと救われるはずだと、ヨーは一人で信じていた。

それからもヨーは、いろいろな家族の、さまざまな家に住んだ。

ちいさな台所と六畳の部屋が一つあるきりのアパートに暮らしたときは、いつもからだを丸めていなくてはいけなくて、気づかれずに食べるのも本当に骨が折れた。その逆に、お金持ちの少年の家には隠れるところがたくさんあって、食べるものにも苦労しなかった。少年たちについて外国に行ったこともあるし（飛行機のなかはとても寒かった）、マラソン大会に出たことだってある。そのあいだ、彼らは一度も「透明」という言葉を口にしたり書いたりはしなかった。そのことにヨーは、すこしほっとしていて、同じくらいがっかりしていた。少年たちはヨーを置きざりにして、次々と大人になっていった。

あるときむしょうに、お姉ちゃんと繰り返していた「透明人間！」のおふざけが恋しくなって、試してみたことがある。ダッフルコートを着て、クロゼットから出るなり「透明人間！」と叫んだヨーを前に、少年は気絶して、まもなく救急車が呼ばれた。

それ以来、ヨーは二度とふざけていない。

生きているひとには誰にも数えられない長い長い時が経ったあと、ヨーはそれまででもっとも裕福な少年の家に暮らした。

その少年は、お金も本もゲーム機も洋服もサッカーボールも、ヨーが一緒に暮らしたことのあるどの少年よりずっと多くを持っていた。それなのに、誰よりもさびしそうで不幸そうだった。この子こそ「透明の存在」かもしれない、ヨーはひそかに期待した。

ある年の夏休み、少年は彼自身ととてもよく似た、別の少年を部屋に連れてきた。ずっと通っている予備校の、夏の特別補習で知り合ったばかりらしい。二人のやりとりは、お互いこれからとても仲良くなれるとわかっているひとたちに特有の、うきうきとしたぎこちなさに満ちていた。彼らはごろんと床に寝転がり、コーラを飲み、ポテトチップスを食べながら、予備校の先生やクラスの女の子たちの話をした。話がもりあがってくると、ときどき肩をこづいたり、裏まで真っ白なソックス履きの足を向けて、蹴りあったりもした。

しばらくすると、少年は本棚からごっそりお気に入りの漫画を取り出して、友達に「読めよ。」と渡した。二人が入ってきたときには、すごくよく似ていると思ったけれど、部屋のすみからよく見ているうち、この部屋の住人の少年より彼の友達のほうが上背があって、顔だちもきりっとして大人っぽいと、ヨーは気づいた。

「こっちのほうがおもしろいかも。」

そう言うと、少年は本棚の一番下の本を全部出して、その奥から図鑑のようなぶあつい写真集を取り出した。そしてにやにやしながらも、かすかに緊張した面持ちで、ちいさなショーツを穿いているだけの女のひとがベッドにあおむけになっているページを開いた。「うわ、すげえ。」友達は漫画を放り出して、裸にくぎづけになった。「牛みたいだろ。」「すっげえ。」ヨーも少し近づいて、写真をのぞきこんだ。女のひとの裸は白くて、ベッドからはみだしそうに何もかもがおおきくて、ヨーはふと悲しくなった。自分も彼女みたいだったら、そして直接じゃなくても、写真のなかだけであっても、こんなふうにきれいな少年二人にかぶりつくように見つめられたら、どんなにいいだろうと思ったのだ。

少年たちはページをめくりつづける。あられもないかっこうの、裸の女性がどんどん出てくる。裸ではなく、蜘蛛の巣みたいな衣装を着て足をひらいているひとや、縄でしばられているひともいた。むきだしになった性器には、粗いモザイクがかかっていた。モザイクしかないページもあった。少年たちは「すげえ。」だの「やべえ。」だの、短く声をあげて見ていた。友達は一秒たりとも写真から目を離さなかったけれど、少年はページをめくるたび、相手の反応をちらちらうかがっていた。

写真集が終わってしまうと、友達は頬を紅潮させて、「もっとないの。」とせがんだ。言われた少年は、ちょっとだけためらうような表情を浮かべた。でもすぐに友達とお揃いのにやにや笑いを取り戻し、本棚の秘密の隠し場所からもう一冊の本を出した。ヨーの知る限り、ふだん少年がよく見ているのはさっきの写真集ではなく、こっちの写真集だった。

「こういうのもあるよ。」

そう言って少年が開いたページには、よく日に焼けた筋肉ばかりの男が、もう一人の筋肉ばかりの男と奇妙なかたちで抱きあっているところが写っていた。少年が懸命ににやにや笑いを保とうとしているのが、ヨーにはわかった。ページを押さえる指がぜんぶふるえていた。友達はその写真を目にしたとたん、笑うのをやめた。そして「俺、用事があるから。」と言って、荷物をまとめて逃げるように部屋を出ていった。

少年の、こわばったにやにや笑いだけが部屋に残された。彼はそれきりしばらく座ったまま、開いたドアのほうを向いていた。

やがてドアがひとりでに閉まると、彼はゆっくり写真集を閉じ、散らばったほかの本と一緒にして、元通り本棚にしまった。そして鏡の前に立ち、自分の顔をじっと見つめた。それから十秒、二十秒、三十秒、それよりもずっと長く、自分の顔を見つめていた。

「僕は透明だ。」

とうとう少年がそう言ったとき、ヨーはただ呆然としていた。あれだけ待ち望んだ瞬間が今、訪れているというのに、いざとなると頭もからだも電源が切れたみたいに、まるで動かないのだった。そんなヨーをせかすように、少年はゆっくり、もう一度言った。

「僕は透明だ。」

ヨーはようやくはっとして、もつれるような足で少年の背後に立った。そしてその肩に両手を伸ばして言った、

「あなたはちっとも透明じゃない、わたしにはあなたがちゃんと見える。」

瞬間、少年はわあっと大声をあげ、蜂か何かに刺されたみたいに腕をぐるぐる回し、上半身を乱暴に揺さぶった。少年の肘がまともにみぞおちに入って、ヨーはからだのバランスを崩し、机の角に頭をぶつけた。痛みに気づくより先に、ヨーは、久々に聞いた自分の声が覚えている声とはまったく

違っていたことにびっくりしていた。後ろから肩に軽く手を置くだけのつもりだったのに、気づけば全身のちからをこめて、少年をぎゅっと抱きしめていたことにもびっくりしていた。そうやって二重にびっくりしているうちに、ヨーはぷつんと意識を失った。

死んだ透明人間のからだは、ちょうど温かいホットケーキの上のバターが溶けていくような速度で、ゆっくりその場からなくなっていく。もちろん誰にも見えず、なんの匂いも、音も立てずに。

正体不明のなま温かいものに突然上半身を締めつけられ、死に物狂いでその温かさと重みを振り払ったあと、少年はおそろしさの余韻のためにしばらくその場を動けなかった。けれども実際、それはおそろしさのせいだけではなく、彼の足の上には死んでいくヨーのからだがかぶさっていたからだった。あの不可解な瞬間のすぐ前か後、耳元で女の声が聞こえたような気がしたけれど、何を言っていたのか、それもおそろしさのためにまったく思い出せなかった。

やがてヨーのからだが溶けきり、ようやく足が自由になると、少年は空腹を感じてリビングに下りていった。そこで母親が、来月からお父さんの仕事の都合で、家族みんなでアメリカのカリフォルニアに行くことになったからと告げた。

カリフォルニアの空気は彼に合った。彼は家族が日本に帰ったあともその地に残って勉学に励み、大学に進学した。そして数年のあいだに出会った学友たちと交際を繰り返したのち、最後にはニューヨークから来た年下の青年弁護士と結婚して、それからまた数年後、中国生まれの女の赤ちゃんを養子にもらった。

いつもひとりぼっちだった遥か昔のひとときを、自分を見守り続けた透明人間のことを、そしてその人間は自分の肘のたった一突きで死んでしまったことを、かつて少年だった彼はもちろん知る由もない。つまりヨーの死を知っているのはこの世でたった一人、あのときあの部屋に偶然居合わせた、もう一人の透明人間だけだ。

彼は当時、すでに一月近くも少年の家に滞在していて、毎日リビングや書斎や両親の寝室を行ったり来たりしていた。そしてたまたまあの日は、連れだって階段を上がってくるところの少年たちとすれちがい、そのまま部屋についていって、新参者を見物することに決めたのだった。見えない仲間の存在には、ヨーが少年に接触するまでまるで気づいていなかった。写真を見ていた少年の友達が去ったあと、いたたまれなくなってドアを閉めたのは、この彼だった。そのうち鏡の前の少年がむにゃむにゃ何か呟いたなと思ったら、ふいに女の声が聞こえ、はっとしたときには少年は見えない誰かを相手に遮二無二揉み合っていた。そしてゴツンという鈍い音が聞こえてやっと、彼は部屋のなかで何が起きていたか気づいたのだった。

少年が下りていったあと、彼は机のほうに向かって、小声で「おーい。」と呼びかけた。返事はなかった。ヨーはもう、溶けてなくなっていた。見えない彼は見えない仲間の死を憐れんだ。本当におこがましいことだ、透明人間ふぜいがふつうの人間にいい気に話しかけるもんじゃない。そう毒づきながらも彼は、死んでしまった仲間がいったいどれほど前からこの部屋に居ついていたのか、思いあたるふしを振り返り、もし知っていればもっと早く話しかけてみたのに、俺たちは出会えたのに、と悔しく思った。

彼はそっとドアを開けて、階段を下りていった。リビングをのぞくと、ぼんやりしている少年を前に、母親がカリフォルニアの気候や食べ物のことを話していた。彼は開いている窓から外に出た。夏だった。

それから毎日東の空に朝日を待ち、西の空で夕日を見送り、両手を広げて道を歩き続けるうち、彼はとうとう誰かと出会って、その誰かと子どもをつくった。

あのときヨーの死に立ち会った二人が、東京で、カリフォルニアで、再会することは一度もなかった。成長した彼らの子どもたちが、どこかの街角で偶然にすれちがうこともなかった。彼らもまたそれぞれに、美しい季節に出会った誰かと家族をつくり、子どもを育て、死んでいった。その子どもたちも同じだった。だから今では、あの二人が残していった見える子どもたちと見えない子どもたち、そして彼らの子どもたちの子どもたちは、世界じゅう、いたるところに散らばっている。でもそのうちの誰かが、二人のようにそうと知れずに出会ったことはまだない。

とはいえ可能性はいつだってあったし、もちろん今もある。この世に存在する誰しもが、常にこの可能性のなかに生きている。喋る言葉の違いや肌の色の違いもその可能性のなかでは何の意味も持たない。ずるやごまかしだっていっさいきかない――そう、誰だって結局は一つの可能性のなかに生きているのだ、見えるひとも見えないひとも、そしてもちろんあなたもわたしも。